感恩书系

感 恩 朋 友

知音难忘的 85 个友情故事

◎主　编：滕　刚
◎副主编：郭学荣　陈　雄　邹庆秋

花山文艺出版社

图书在版编目(CIP)数据

感恩朋友：知音难忘的 85 个友情故事 / 滕刚主编. —石家庄：花山文艺出版社，2006.7（2021.5 重印）

（感恩书系 / 滕刚主编）

ISBN 978-7-80673-624-1

Ⅰ.①感...　Ⅱ.①滕...　Ⅲ.①散文—作品集—世界　Ⅳ.①I16

中国版本图书馆 CIP 数据核字（2006）第 064443 号

丛 书 名：感恩书系
总 主 编：滕　刚
书　　名：**感恩朋友：知音难忘的 85 个友情故事**
主　　编：滕　刚

策　　划：张采鑫
责任编辑：于怀新
特约编辑：李文生
责任校对：贾　伟
全案设计：北京九洲鼎图书有限公司
出版发行：花山文艺出版社（邮政编码：050061）
　　　　　（河北省石家庄市友谊北大街 330 号）
销售热线：0311-88643221
传　　真：0311-88643234
印　　刷：永清县晔盛亚胶印有限公司
经　　销：新华书店
开　　本：710×1000　1/16
字　　数：150 千字
印　　张：9
版　　次：2006 年 7 月第 1 版
　　　　　2021 年 5 月第 2 次印刷
书　　号：ISBN 978-7-80673-624-1
定　　价：36.00 元

永怀感恩之心

○马 德

感恩不是一件华丽的衫子,单单用来吸引别人的目光的。

它是草际间流转的一抹青翠,是鹅卵石间隙处荡漾的一汪澄澈,是朝暾初出时林间氤氲的清新,是生命底色中沉积的真的流露,是血脉中流淌的善的迸发,是灵魂中贮藏的美的呈现。

在人类的精神天空中,感恩不是飘忽而逝的云彩,而是云彩背后一片洁净的湛蓝。感恩在人类精神的坐标中,不是偶然,而是永恒。感恩的行为是自然的,它是一种无意识,像须臾不停的呼吸,伴随在生命的韵律之间。人类的美是以爱来呈现的,而感恩之心,是人类心田中最美的种子,它发芽之后,开出爱之花,结出爱之果。从这个意义上讲,懂得感恩的人,一定在心中藏有大爱,并以此关照人,抚慰人,呵护人,爱人。

懂得感恩的心灵,是存在于这个世界的最美的心灵;懂得感恩的生命,是行走在这个世界上的最值得敬重的生命。

我常想,在天地之间,在我们可及或不可及的视野里,一些人类自身无法忖度的生命或物质,是不是彼此对对方也怀着感恩之心呢? 譬如一朵花,不仅开出自身的美艳,还要播散出一地的幽香与芬芳来,是不是花朵对滋养它的大地,对抚慰它的草木,对清风,对暖日的感恩呢?

我们不是花,不能触及它的内心,但我一直坚定地认为,这是花朵对这个世界的感恩。也许,大地、草木、清风、暖日早已明白了它的感恩之心,只有人类还蒙在鼓里。

再譬如,一片秋叶,旋舞成蝶,是不是怀着对春天的感恩而翩然飘落? 一棵大树,浓荫如盖,是不是怀着对一方水土的感恩而蔽日遮天?翔动的鱼群中,有没有怀着对溪流的感恩而始终满含着泪水的一尾?飞舞的蜜蜂中,有没有怀着对蕊间蜜的感恩而迟迟不肯离去的一只? 湖面上一圈荡开的涟漪,草叶上一颗笃定的露珠,飞来的鸟,奔去的蚂蚁,自然中一切的安定与躁动,平静与喧嚣,它与它们的周围,是

1

不是都在传递着人类看不见的感恩？我宁愿相信，天地之间一切的美与和谐，都依靠感恩这种美德的流转而维系，都依靠感恩这种情感传递而呈现。虽然有时候，它们在暗处进行，我们看不见；虽然有时候，它们表达的方式含蓄，我们读不懂。

心怀感恩的人，所触到的，是人世的暖；所感知到的，是人世的美。

有一位老人，在那个特殊的年代，曾被打成反动学术权威，差一点儿被批斗致死。有一天，我去拜会他，谈到了他人生的这一段。我以为他会向我倾吐内心的凄苦与悲凉。然而，出乎意料的是，他和我说，他很感恩于那一段岁月。因为那一段岁月，让他认识了两个人，而这两个人的出现，让他获得了活下来的勇气。其中的一个是一位妇女，在他饿得快死的时候，悄悄塞给他两个馒头。而另一个，是他们单位的门卫，当造反派要来批斗他的时候，这个门卫冒死把已经奄奄一息的他藏在一间废弃的屋子里，让他躲过一劫。

老人说这些话的时候，神态安详，面容平静，骨子里升腾着暖意。他的态度，给了我深深的震撼。看来，即便是遭遇多舛的命途，即便是遭逢不济的时运，只要拥有一颗感恩的心，一个人触摸到的，只会是生活的暖意；感受到的，只会是岁月的静好。

一个生命个体，不可能孤立地活在这个世界上。在漫长的人生旅途中，可能会不断地得到别人的扶持、帮助、呵护以及关爱。所以懂得感恩的人，总是觉得自己幸运地得到了这个世界的许多恩赐，而沐浴在这不尽的恩赐中，生命自然也就会体味到甜美与幸福。

感恩两个字，是因感知而感激，但我情愿再拆解出一个报恩的意思来。也就是说，当我们在感激之后，还能因此生出爱，去爱别人，去关怀别人，从而再赢得别人的感恩。如果那样的话，环环相扣的感恩所联结的，就是生生不息的爱；而被爱所萦绕的世界，将会是一个多么温暖多么美妙的世界！

我们活在这个世界上，应该懂得感恩于自己的祖国，感恩于佑护自己的社会，感恩于让自己茁壮成长的阳光、空气以及大地、河流、庄稼，感恩于扶持过自己的朋友，感恩于教诲过自己的师长，感恩于曾经给予自己帮助的所有人，如果这一切，都未曾触动过你的内心，那么，你至少要感恩于生你养你的父母。这，已经是我们活在这个世界上的底线。

一个人，可以通过好多种方式在这个世界上留下痕迹，也可以有好多种办法给生活留下属于自己的馨香。我想，一个懂得感恩的人，会在心田里生发出香气，然后弥散到举手投足之间，进而浸润到人生每一个足迹之中。那是一种灵魂的香味，会贯穿生命的始终的。

很欣喜地闻知，将有这样一套"感恩书系"出版。我想，当所有的人读完这些回味悠长的文字之后，会口齿生香，津津乐道，并愈加懂得感恩，懂得爱……

目录

第一辑 朋友，是一种别样的温柔

第二辑 一湾友情海蓝蓝

第三辑 友谊的香气

第四辑 朋友是块糖

第一辑

朋友,是一种别样的温柔

朋友,对每个人来说是不可抗拒的一个词。每个人都希望交到一个真心的朋友,而不是损友;而自己也不希望成为朋友的过客,于是就有很多人为了友情的延续不断而努力着。

提到友情,常会触动每个人心灵的柔软处。人是群体动物,如果被孤立,心就会哭泣颤抖。友情的出现,温暖了人冰冷的心。朋友,不需要时刻被忆起,只要偶尔想起对方的好,微微一笑,相知的味道便萦绕心头。"朋友之间的情感有如亲情又有如爱情"。

"朋友,是一种别样的温柔。"因为一生有你,朋友,我不悔。

小男孩不假思索就回答了。回答很简单,只有几个字,但却感动了在场所有的人。

一个关于友情的故事

◆文/蓝　览

有这样一个真实的故事,故事发生在越南的一个孤儿院里,当时正值美国入侵越南。由于飞机的狂轰滥炸,一颗炸弹被扔进了这个孤儿院,几个孩子和一位工作人员被炸死了。还有几个孩子受了伤。其中有一个小女孩流了许多血,伤得很重!

幸运的是,不久后一个医疗小组来到了这里,小组只有两个人。一个女医生,一个女护士。

女医生很快地进行了急救,但小女孩却出了一点儿问题,因为小女孩流了很多血,需要输血,但是她们带来的不多的医疗用品中没有可供使用的血浆。于是,医生决定就地取材,她给在场的所有的人验了血,终于发现有几个孩子的血型和这个小女孩是一样的。可是,问题又出现了,因为那个医生和护士都只会说一点点的越南语和英语,而在场的孤儿院的工作人员和孩子们只听得懂越南语。

于是,女医生尽量用自己仅会的一点越南语加上一大堆的手势告诉那几个孩子,"你们的朋友伤得很重,她需要血,需要你们给她输血!"终于,孩子们点了点头,好像听懂了,但眼里却藏着一丝恐惧!

孩子们没有人吭声,没有人举手表示自己愿意献血!女医生没有料到会是这样的结局!一下子愣住了,为什么他们不肯献血来救自己的朋友呢?难道刚才对他们说的话他们没有听懂吗?

忽然,一只小手慢慢地举了起来,但是刚刚举到一半却又放下了,好一会儿又举了起来,再也没有放下!

医生很高兴,马上把那个小男孩带到临时的手术室,让他躺在床上。小男孩僵直着躺在床上,看着针管慢慢地插入自己的细小的胳膊,看着自己的血液一点点地被抽走!眼泪不知不觉地就顺着脸颊流了下来。医生紧张地问是不是针管弄疼了他,他摇了摇头。但是眼泪还是没有止住。医生开始有一点儿慌了,因为她总觉得有什么地方肯定弄错了,但是到底在哪里呢?针管是不可能弄伤这个孩子的呀!

关键时候,一个越南的护士赶到了这个孤儿院。女医生把情况告诉了越南护士。越南护士忙低下身子,和床上的孩子交谈了一下,不久后,孩子竟然破涕为笑。

原来,那些孩子都误解了女医生的话,以为她要抽光一个人的血去救那个小女孩。一想到不久以后就要死了,所以小男孩才哭了出来!医生终于明白为什么刚才没有人自愿出来献血了!但是她又有一件事不明白了,"既然以为献过血之后就要死了,为什么他还自愿出来献血呢?"医生问越南护士。

于是越南护士用越南语问了一下小男孩,小男孩不假思索就回答了。回答很简单,只有几个字,但却感动了在场所有的人。

他说:"因为她是我最好的朋友!"

我不知道该用怎样的言语去描绘看完这个故事后带给我的感动。我也不知道该用怎样的言语去描绘友情。但我相信,再也没有人会比这个孩子更懂得友情的含义了。

感恩提示
gan en ti shi

这是一个关于友情的美丽故事。它告诉我们:原来真挚的友情,像一棵树;真诚的话语与帮助是浇灌树木的阳光雨露。

文章里的小男孩,认为自己一旦被抽血,就会死亡。他不是没有犹豫过,那放下了又举起的手就是最好的证明。可是他最终还是举起了手,因为小女孩是他最好的朋友,他甚至愿意用整个生命去帮助她。或许在我们眼里,这只是件小事,但对小男孩而言却是个巨大的决定,他不知道抽血并不会死,也就是说,他是在作生死抉择,这对一个小男孩而言是非常沉重的,这也恰恰反映了小男孩的善良和对朋友的真挚情感。

我们比小男孩大得多了,但当我们需要为了朋友而付出巨大的代价时,我们是否还能紧握朋友的手,一如既往?我们总是希望别人能在紧急关头始终站在我们的一边,伸出援助之手,但反过来,我们又能否做到呢?小男孩的行为值得我们思考,我们是否在长大的过程中渐渐丧失了这种最纯真的感情?

生死与共,需要勇气。真正的友情不是考场上仗义的抄袭,不是开心时豪爽的争着付账,不是虚伪的赞美,更不是阳奉阴违的忽悠……真正的友情,虽然并不一定要用生死与共来证明,但它是一颗埋藏在内心的小小的种子,既需要别人友情

3

的浇灌而长大,也需要给予别人绿荫而长大。

培根说,缺乏真正的朋友乃是最纯粹最可怕的孤独,没有友谊则斯世不过一片荒野。让我们重读这个美丽的故事,细细体会友情的美丽。

(罗绮琦)

是孤儿院里的其他九个孩子从他们自己珍贵的几瓣柚子中每人捐出了一瓣,组成的一只完整的、送给杰克做圣诞礼物的柚子!

杰克的圣诞柚子

◆文/[美]劳拉·马丁布罗

4

9岁的杰克长着一头乱七八糟的褐色的头发和一双天使般明亮的蓝眼睛。杰克从记事开始就一直住在一所孤儿院里。那里只有十个孩子,杰克是其中之一。孤儿院的资源非常的匮乏,唯一的经济来源就是艰难地、持续不断地向这个城市里的居民们发起募捐活动。

孤儿院里的食物很少,不过,虽然孩子们平时总是饥一顿饱一顿的,但是每到圣诞节来临的时候,那里总是有比平时多一点儿的食物可以吃,孤儿们也比平常要居住得暖和些。而且,这时候,孤儿院里总是笼罩着一种喜气洋洋的节日气氛。当然,最重要的是,这时候,那里有圣诞节的柚子!

圣诞节是一年中唯一一个提供精美食品的时候,每一个孩子都把圣诞节的柚子当做珍宝一样看待,好像在这个世界上,再也没有什么食物比它更好吃。他们用手抚摸着它,感觉着它那又凉爽又光滑的表面,一边赞美它,一边慢慢地享受着它那酸甜的汁水。真的,这是每个孤儿的圣诞之光和他们所能得到的圣诞礼物。因此,可以想象得出,当杰克收到他的礼物时,他将会感到多么巨大的喜悦啊!

可是,在圣诞节的前一天,杰克不慎在哪里踩了一靴子的湿泥,而他自己一点儿也不知道。他从孤儿院的前门走进去,在新铺的地毯上留下了一长串带着湿泥痕迹的脚印。更糟糕的是,他甚至没有注意到这一点。等到他发现的时候,这一切都太晚了。惩罚是不可避免的,而惩罚的内容是出人意料而无情的,杰克将得不到他的圣诞柚子! 这是他从他所居住的这个冷酷的世界里能够得到的唯一一份礼物。但是，在盼望他的圣诞柚子整整一年后，他却得不到。

　　杰克含着眼泪恳求原谅，并且许诺以后再也不会把泥土带进孤儿院里来，但是没有用。他感到一种无助的、被抛弃的感觉。那天夜里，杰克趴在他的枕头上哭了整整一夜。在圣诞节那天，他感觉内心空虚且孤独。他觉得别的孩子不希望和一个被处以这样一种残酷的惩罚的孩子在一起。也许，他们担心他会毁掉他们唯一一个快乐的日子。也许，他在心里猜想，之所以有一道鸿沟横在他和他的朋友之间，是因为他们害怕他会请求他们把他们的柚子分给他一点儿。那一整天，杰克一直呆在楼上那冰凉的卧室里。他像一只受冻的小狗一样蜷缩在他的唯一的一条毯子底下，可怜兮兮地读着一本关于一个家庭被放逐到荒岛上的故事。只要杰克拥有一个真正关心他的家庭，他并不介意他的余生在一个与世隔绝的荒岛上度过。

　　最糟的是，睡觉的时间到了，杰克却怎么也睡不着。他怎么说他的祈祷词呢？他在又凉又硬的地板上跪下来，轻轻地呜咽着，祈求上帝为他和像他一样的人们结束世间的一切苦难。

　　当杰克从地板上站起来，爬回到他的床上时，一只柔软的手摸了摸他的肩膀。他吃了一惊。接着，一个东西被轻轻地放在了他的手上。然后，给他东西的那个人什么也没说，就悄无声息地离开了房间，把不知所措的杰克留在了黑暗里，杰克把手里的东西举到眼前，就着昏暗的灯光，他看到它好像是只柚子！不过，它不是一只又光滑又亮，形状规则的普通柚子，而是一只特殊的柚子，一只非常特殊的柚子。在一个用柚皮碎片拼接在一起的柚壳里，有九片大小不一的柚子瓣儿。那是为杰克做成的一只完整的柚子！是孤儿院里的其他九个孩子从他们自己珍贵的几瓣柚子中每人捐出了一瓣，组成的一只完整的、送给杰克做圣诞礼物的柚子！那一刻，杰克泪如雨下。那是他收到的最美丽、最美味的一只圣诞柚子。

感恩提示
gan en ti shi

　　读完这篇文章，让我回想起过去日子里许多珍贵美好的回忆，从文章中，我体会最深刻的一点是：患难见真情。真情在患难的时候是最容易体现的。

　　在生活中，我们不难发现一个这样的现象：当我们做错了某件事，觉得很对不起周围的人，我们往往会默默地承受心灵愧疚的煎熬，总觉得自己的离开能够弥补一点儿遗憾。我们可能像杰克一样，担心自己会毁掉同伴唯一快乐的日子，从而自己一个人躲在房间里，独自忍受孤独。从某一个角度来说，杰克的这种做法体现出他真情的付出——宁愿牺牲一点儿，也不想让大家扫兴。他知道自己的参与，会使同伴珍贵的柚子少掉一份,于是他选择离开。

世事往往很奇妙,情况并没有我们自己想象的那样糟糕。当你深处于困境的泥潭而心灰意冷时,可知道周围有许多人,在默默地给你心灵慰藉,用温暖的目光化解你心中的冰块,让你重新拾回自信,绽开笑容之花。

杰克的伙伴们就是这样的人,他们的友情之光照亮了杰克受伤的心。在故事的最后,杰克得到一只美味的柚子。这柚子包含着人世间最美丽的友情。

(苏小韵)

很长很长的岁月,阿三的这双眼睛始终留在我的心底,我甚至觉得,这双给过我同情的挺好看的眼睛一生都不会在我的心底熄灭……

童年的那双眼睛

◆文/梅 洁

·感·恩·朋·友

6

在人生的路上,不知要遇到多少人,然而,最终能留下记忆的并不太多,能够常常眷念的就更少了。

这次回鄂西老家,总想着找一找阿三。阿三是我小学高年级的同学。他很用功,但学习一般。他很守纪律,上课总是把胳膊背在身后,胸脯挺得高高的,坐得十分的端正,整节课也不动一动。

阿三有个闹心的事,年年冬天冻手。每当看到他肿得像馒头一样厚的手背,紫红的皮肤里不断流着黄色的冻疮水时,我就难过得很。有时不敢看,一看,心里就酸酸地疼,好像冻疮长在我的手背上似的。

“你怎么不戴手套?”上早读时,我问阿三。

“我妈没有空给我做,我们铺子里的生意很忙……”阿三用很低的声音回答。阿三说话的声音很好听,带着女孩子般的腼腆和温存。

知道这个情况后,我曾几次萌动着一个想法:“我给阿三织一双手套。”

我们那时的十三四岁的女孩子,都会搞点儿很简陋粗糙的针织。找几根细一些的铁丝,在砖头上磨一磨针尖,这便是毛衣针了。然后,从家里找一些穿破了后跟的长筒线袜套(我们那时,还不知道世界上有尼龙袜子),把线袜套拆成线团,就可以织笔套、手套什么的。为了不妨碍写字，我们常常织那种没有手指、只有手掌的半截手套。那实在是一种很简陋很不好看的手套，但大家都戴这种手套，谁也不嫌难看。

我想给阿三织一双这样的手套，有时想得很强烈，但却始终未敢。鬼晓得，我们那时都很小，十三四岁的孩子，却都有了"男女有别"的强烈心理。这种心理使男女同学之间界线划得很清，彼此不敢大大方方地往来。

记得班里有个男生，威望很高，俨然是班里男同学中的"王"。"王"和他的"将领"们常常给不服从他们意志的男生和女生起外号，很难听、很伤人心的外号。下课或放学后，他们要么打着"一、二"的拍子，合起伙来齐声喊某一个同学家长的名字(当然，这个家长总是在政治上出了什么"问题"，名声很不好)，要么就冲着一个男生喊某一个女生的名字，或冲着一个女生喊某一个男生的名字。这是最糟糕最让人伤心的事情，因为让他们这么一喊，大家就都知道某男生和某女生好了。让人家知道"好了"，是很见不得人的事情。

这样的恶作剧常常使我很害怕，害怕"王"和他的"将领"们。有时怕到了极点，以致恐惧到夜里常常做噩梦。好像从那时起，我就变成了一个谨小慎微的可怜虫。因此，我也暗暗仇恨"王"们一伙，下决心将来长大后，走得远远的，一辈子不再见他们！

阿三常和"王"们在一起玩，却从来没见他伤害过什么人。"王"们有时对阿三好，有时好像也很长时间不跟他说话，那一定是"王"们的世界发生了什么矛盾，我想。

在上小学五年级的时候，爸爸突然在一个早晨，被划成了"右派"。大字报、漫画，还有画"×"的爸爸的名字在学校内外满世界地贴着。爸爸的样子让人画得很丑，四肢很发达，头很小，有的还长着一条很长很粗的毛茸茸的尾巴……乍一看到这些，我差点儿晕了过去。学校离我家很近，"王"们常来看大字报、漫画。看完，走到我家门口时，总要合起伙来，扯起喉咙喊我父亲的名字。他们是喊给我听，喊完就跑。大概他们以为这是最痛快的事情，可我却难过死了。一听见"王"们的喊声，我就吓得发晕，本来是要开门出来的，一下子就吓得藏在门后，半天不敢动弹，生怕"王"们看见我。等他们扬长而去之后，我就每每哭着不敢上学，母亲劝我哄我，但到了学校门口，我还是不敢进去，总要躲在校门外什么犄角旯旯儿或树阴下，直到听见上课的预备铃声，才赶忙跑进教室。一上课，有老师在，"王"们就不敢喊我爸爸的名字了，我总是这样想。

那时，怕"王"们就像耗子怕猫！现在想起来，还心有余悸，也很伤心。

"我没喊过你爸爸的名字……"有一次，阿三轻轻地对我说。也不知是他见我受了侮辱常常一个人偷着哭，还是他感到这样欺负人不好，反正他向我这样表白了。记得听见阿三这句话后，我哭得很厉害，嗓子里像堵着一大团棉花，一个早自习都没上成。阿三那个早读也没有大声地背书，只是把书本来回地翻转着，样子也怪可怜。

其实，我心里也很清楚，阿三虽然和"王"们要好，但他心地善良，不愿欺负人。这是他那双明亮的、大大的单眼皮眼睛告诉我的。那双眼睛，望着你时，很纯真，很友好，很平和，使你根本不用害怕他。记得那时，我只好望阿三的这双眼睛，而对其他男生，特别是"王"们，根本不敢正视一次。

很长很长的岁月，阿三的这双眼睛始终留在我的心底，我甚至觉得，这双给过我同情的挺好看的眼睛一生都不会在我的心底熄灭……

阿三很会打球，是布球。就是用线绳把旧棉花套子紧紧缠成一个圆团，缠成西瓜大、碗大、皮球大，随自己的意。缠好后再在外面套一截旧线袜套，把破口处缝好，就是球了。阿三的布球缠得很圆，也很瓷实。阿三投球的命中率也相当高，几乎是百发百中。阿三在球队里是5号，5号意味着球打得最好，5号一般都是球队队长。女生们爱玩球的极少，我们班只有两个，我是其中之一。

记得阿三在每次随便分班打布球时，总是要上我，算他一边的。那时，男女混合打球玩，是常有的事。即便是下课后随便在场上投篮，阿三也时而把抢着的球扔给站在操场边的可怜巴巴的我。后来，我的篮球打得很不错，以至到了初中、高中、大学竟历任了校队队长。那时就常常想，会打篮球得多谢阿三。

然而，阿三这种善良、友好的举动在当时是需要勇气的，也是要冒风险的。因为这样做，注定要遭到"王"们的嘲笑和讽刺的。

这样的不幸终于发生了。不知在哪一天，也不知是为了什么，"王"们突然冲着我喊起阿三的名字，喊得很凶。他们使劲冲我一喊，我就觉得天一下子塌了，心一下子碎了，眼一下子黑了，头一下子炸了……

有几次，我也看见他们冲着阿三喊我的名字。阿三一声不吭，紧紧地闭着双唇，脸涨得通红。看见阿三难堪的样子，我心里就很难过，觉得对不起他。

从那以后，我就再也不想给阿三织手套的事了；阿三打布球，我再也不敢去了；上早读，我们谁也不再悄悄说话了；我们谁也不再理谁，好像恼了！但到了冬天，再看见阿三肿得黑紫黑紫的像馒头一样厚的手背时，我就觉得欠了阿三许多许多，永远都不会再给他了……

当时，在别的铺子也能买上辣酱的，但我总愿意跑得老远，也说不清为什么，只是想，路过阿三家铺子时阿三从铺子里走出来就好了。其实，即使阿三真的从铺子里出来，我也不会去和他说话的，但我希望他走出来……

有一次,我又去买辣酱,阿三真的从铺子里走出来了,而且看见了我。知道阿三看见我后,我突然又感到害怕起来。这时,只见阿三沿着青石板铺就的小街,向我走来。

"他们也在这条街上住,不要让他们看见你,要不,又要喊你爸爸的名字了……"他"咚咚"地跑了回去。我知道,他说的"他们",是指"王"们。

望着阿三跑进了铺子,我又想哭。我突然觉得,我再也不会忘记阿三了,阿三将来长大了,一定是世界上最好的男人!

后来,考上中学后。我就不知阿三在哪里了。是考上了,还是没考上?考上了在哪个班?我都不懂得去打听。成年后,常常为这件事后悔,做孩子的时候,怎么就不懂得珍惜友情?

中学念了半年以后,我就走得很远很远,为求学,也为求生,因为父亲和母亲已被赶到很深很深的大山里去了。从此,我就再没有看见阿三,但阿三那双明亮的、充满善意的眼睛却常常出现在我的眼前和梦中。

人生不知怎么就过得这样匆匆忙忙,这样不知不觉,似乎还没弄清是怎么回事就走过了许许多多的年月。二十多年后的一天,我回故乡探望母亲,第一个想找的就是阿三。

出乎意料之外,我竟然很顺利地找到了那时的"王"。"王"很热情地接待了我,这个年龄,这个时代见到"王",我"百感交集"。说起儿时的旧事,我不禁潸然泪下,"王"也黯然神伤。

"不提过去了,我们那时都小,不懂事……你父亲死得很苦。""王"说得很真诚,很凄楚。是呀,几十年的风风雨雨。我们都长大了。儿时的恩也好,怨也好,现在想起来,都是可爱的事情,都让人留恋,让人怀念……

"王"很快地帮我找到了阿三以及儿时的两个同学。当"王"领着阿三来见我的时候,我竟十分地慌乱起来,大脑的荧光屏上不时地闪现着阿三那双明亮的单眼皮眼睛。当听到他们说笑着走进家门时,我企图努力辨认出阿三的声音,然而却办不到……

阿三最后一个走进家门。当我努力认出那就是阿三时,我的心突然一阵悲哀和失望——那不是我记忆中的阿三!那双明亮的眼睛在哪儿?站在我面前的阿三,显得平静而淡漠,对于我的归来似乎是早已意料到的事情,并未显出多少惊喜和亲切。已经稍稍发胖的身躯和已经开始脱落的头发,使我的心痉挛般地抽动起来:岁月夺走了我儿时的阿三……我突然感到很伤心,我们失去的太多了!

阿三邀我去他家吃饭,"王"和儿时两位同学同去,我感到很高兴。我知道,这是阿三和"王"的心愿。很感谢我童年的朋友们为我安排这样美好的聚会。我们这

9

些人，一生中相见的机会太少了，这样的聚会将成为最美好的回忆。

阿三的妻子殷勤地张罗着，我感到很安慰，但却又一阵凄恻：儿时的阿三再也不会归来了，这就是人生……

"……1969年我在北京当兵，听说你在那里念大学，我去找过你，但没找着。"吃饭的时候，阿三对我说。这是我意想不到的事情，望着阿三，我便有万千的感激，阿三终没有忘记我！

"我提议，为我们的童年干杯！"我站了起来。

阿三和"王"，还有童年的好友都高高举起了酒杯。

这一瞬，大家似乎都有许多话要说，但谁也没说什么，我不知这一颗颗沉默的心里是否和我一样在想：人生最美好的莫过于友谊，友谊最深厚的眷恋莫过于童年的相知……我的鼻尖发酸，真想哭。

"很难过，我们都长大了……"真真没想到，临别时，阿三能讲出这样动情的话。然而，他的样子却很淡漠，很宁静，甚至可以说毫无表情，这种不动声色的样子使我很压抑。自找到阿三，我就总想和他说说小时候的事情，比如关于手套、布球或者"喊名字"的风波……然而，岁月里的阿三已长成一个沉静而冷凝的男子汉，成年的阿三不属于我的感情，我想。实在是没想到，临别，阿三却说了这句令我一生都不会忘记的话，他说："很难过，我们都长大了。"

感谢我圆如明月清如水的乡梦，梦中，童年的阿三向我走来……

感恩提示
gan en ti shi

阅读《童年的那双眼睛》，心中立刻涌出一种说不出的感觉。文章中阿三在"我"最苦难的时候帮助"我"的情景，再一次出现在我的脑海中。我渐渐有一种念头：童年似水。

童年的我们，不可能事事如意，这就好像海水一样，总会有不同的变化。当我们的自尊、人格也都在意外中失去，就像文中的"我"一样，别人在"我"面前大声叫喊着"我"父亲的名字（他们知道"我"父亲的背景），这便成为了不可容忍，"我"此时的心情犹如海水吼叫一般，愤怒、不平。

尽管这样，阿三还是那样的关心"我"，鼓励"我"，不让"我"在任何"恶势力"面前低头，在任何时刻任何地点，都首先想着如何维护"我"——阿三朋友的尊严。虽然那时"我"还小，一些抽象的东西只能感觉，却不能理解。但当我长大以后，就能体会到朋友间的感情。在"我"回乡的时候，巧遇到了阿三。在与阿三的对话中，

"我"看到了阿三对"我"感情的单一,看到了他一如既往地将对"我"的爱持续下去。此时,我渐渐有了另外一个念头:知音难见。

人生难得一知己!知己在于真心,并不在乎数量的多少。独自一人坐在海边,聆听着海浪的声音,心情自然舒畅。当你发现有一个陌生的人也和你一起做出同样的事情时,也许你只会觉得你并不孤单,而当你的知己朋友依偎在你的身旁,和你一起进行心灵的沟通时,一种自豪感、满足感便油然而生。

忘不了金色的童年,更忘不了那座曾经和自己知心朋友一起搭建的彩色的"友谊之桥"!让我们一起珍惜吧。

(全 程)

感激干爸爸们,为他们之间的战友情而感动!因为他们的情谊,而让我感觉到整个世界都是温暖的。

战 友 情

◆文/笔 魂

"人世间最纯,最真的友情,就是同学情和战友情。"这是这么多年来,老师的话中,我记忆最深刻的一句。

同学情,像姐妹,当远嫁他乡,彼此有了各自的生活后,偶尔的一次相聚,依然是那么的亲热、兴奋与难舍难分;而战友情像兄弟,没有形式上的装饰,它裸露、实在。战友相见,没有一惊一乍地欢呼,有的只是用劲一拍肩膀一握手的朴实和心底的关怀。

我不是军人,对于这份战友情的感触缘于我的父亲,父亲是七八十年代的军人,自打我记事起,他和医院没脱离过关系。按别人的话说,他是个"烧不死,摔不死,烫不死"的铁铮铮的汉子。但是我知道,他能抗过这一次又一次的灾难,是因为他的战友用军魂给他筑起了一道不倒之墙!

父亲的战友在我们市有六位,有在政府上班的,有在国企做职员的,有在街头做商贩的,还有在家守田的,但无论贵贱,每次在我父亲危急的关头,他们都会一起出现……

第一次,我家买的客车失事,司机检查油箱的时候,不慎让汽油喷出而引燃,火势来得很凶,雇来的司机,逃命去了,眼看着旁边的建筑就要被引燃,父亲毅然跳上车,把它开到了市区偏离人群的地方,当消防人员赶到的时候,我的父亲已经失去了原来的模样!浑身上下没一块地方是完整的,市级医院不收!只好送到地区级医院,地区医院也不收,最后经过他战友们的再三请求,并且保证只要尽力,即便是抢救无效也不会让他们负责的!父亲才得以入院。这些均是在父亲的病情奇迹般的稳定后,叔叔们才告诉母亲的。父亲住院的半年多时间,我和哥哥的生活多半是由几个叔叔的妻子照顾的。在父亲出院后他们的一次聚会上,几个叔叔调侃说:"没想到,你老小子胆子够大,车都燃成那样了,你还敢坐上去。"父亲颇有感触地说:"在部队里的时候都不想输给你们几个,现在脱了军装还是不想输呀,当时要是换了你们几个,你们保准往上跳得更快。"我母亲是个坚强的女子,苦难摧不倒,而我父亲和战友之间的感情却常让她感动地流泪。她说,没有一个非家属的人敢面对医生做那样的承诺,而他们敢,有他们在,即便是在医院也没为家里的孩子们担心过。

第二次,父亲出差去南京,三个礼拜一直没消息,母亲实在担忧,就叫自家的叔叔去父亲单位看看。才知道,父亲在途中与客车相撞,跌入山谷,所幸之事,是仅割断了血管,和一些皮外伤,因为战友们想到,自从上次事故之后,母亲对父亲一直处于一种担忧状态,所以他们就私下处理了父亲的这次事故,三个礼拜后父亲被他们送回来时已无大碍!对于战友们的帮助,我从来没听到父亲说过一句:谢谢。但我知道这种感激已经深入他的骨髓。反倒是母亲不止一次地流泪,每当她说一些感激的话语时,几个叔叔总是打趣地说:"嫂子,忘记在部队的时候,我们几个溜到房里偷你做的臭豆腐了吗? 忘记你一转身洗衣盆里就多几件脏衣服了吗?我们都是兄弟呀。"

第三次,父亲被开水烫着,对于常人,那点儿烫伤根本算不了什么。但父亲不同,他经过那次烧伤之后,所有皮肤都是新长的,血管也硬化了。当开水不小心倒在他胳膊上后,他的整个胳膊一下子就像吹起来的一个个气泡,加之由于血管的硬化,父亲打点滴是件很困难的事,血管的滚动给父亲带来很大的痛苦。由于热毒的攻击,父亲整整昏迷了两天,而这两天几个叔叔轮流陪母亲待在医院!这个时候,我和哥哥已经长大,已经学会了感激!过节,过年,从学校回家,都会像挂念父亲母亲一样给他们问候!

第四次,这是我最不想回忆的一次,前三次,虽说可怕,可它毕竟没有带走我的父亲,而这一次,父亲他永远地走了。他走的最后时刻,我才知道父亲患的是肝癌,之前母亲和叔叔们从来没透露过一点儿,即便我从公司请假回来陪父亲做手术,他们也隐瞒得很好,我照样一天一个电话地打给父亲,照样每天听着母亲说:

几个叔叔什么时候陪父亲动第几次手术。几个叔叔带爸爸去什么地方游玩了。几个叔叔什么时候又来看父亲了……

直到有一天,母亲突然对我说:孩子,回来吧。当时手机从我手上滑落,双腿一下子不听了使唤,任凭我怎么去掩饰,都藏不住脸上的泪水和苍白。当方叔从机场接到我的时候,我所有的坚强在一瞬间决堤,伏在方叔肩上失声痛哭。方叔抚着我的头,大约过了5分钟之后,将我扶起:"孩子,听叔叔的话,要坚强,到家后不能再哭,让你爸爸看到,他会伤心的,学着安慰你妈妈,你已经是个大人了。"

回到家,我鼓起勇气走进父亲的房间,原谅我坚强不起来了,我是真的没办法再坚强起来了,原来福态的父亲只剩了皮和骨头了,而这与我上次见他只不过一个多月的时间。他深陷的双眼在看到我后有了瞬间的明亮,随后他抬起自己的手捂住眼睛,他在哭。我冲出房间,紧捂嘴在外面抽搐着,当我的情绪平静后,重新走进去,接过母亲手中的杯子给父亲喂药!我是父亲最宠的孩子,父亲在泪水中像个乖巧的孩子喝着我喂的一次一点点的药。叔叔们说,那是这几天来,他吃的最多的一次。看着我和母亲的神情,几个叔叔不敢离开。第二天,我喂过父亲,他就安静地入睡了。身心疲惫的我,趴在父亲床头睡着了,朦胧中听到父亲虚弱的叫声:"孩子,叫妈妈回来给我穿衣服吧,我不行了,照顾好妈妈,几个叔叔就是你的家长。"我慌了,我拼命地叫我妈妈,叫医生,叫叔叔,可是晚了,父亲一口鲜血出来,一切都停止了。

当我醒过来的时候,方姨守在我旁边。她抚着我的头说:孩子,你妈妈已经一个礼拜没怎么睡了,你大了,该坚强了。我走出房间,到父亲灵前跪下,两天两夜。我说过,父亲老的时候我要守在他身边,可我没做到。

父亲的后事办完后,几个叔叔叫我和哥哥到跟前:"孩子,你爸爸是坚强的,从没见他为病痛吼叫过,只有偶尔的一声呻吟,也是很低沉的。他这一生经历的疼痛比别人几世还多,走了,他就远离痛苦了。"翟叔抚着我的头说:"依依,你一直是你爸爸最疼的孩子,所以你一定要像爸爸一样坚强,这样他才会安心,以后想爸爸了,或有什么困难,有什么事拿不定主意的时候,就给叔叔们打电话。记住,叔叔们永远都会像爸爸一样做你的支柱的。另外,还要学着照顾好妈妈。"在这些疼爱我的叔叔们面前,我从来都学不会伪装,我任由自己的眼泪疯狂地流,我嘶哑的声音重复着:"可我以后去哪里找我爸,我想我爸,想得要命,我想待在他身边,想到他不在了,我就撕心裂肺。"几个婶婶也跟着我流泪,最后,方叔说,我以后就是他们的干女儿了,他们都是我的爸爸。所以,现在我有了方爸,李爸,翟爸……

到今年10月,父亲离开我就一年了。可我的感觉是他不曾离开过。每次放假我都会回去,和干爸爸们一起去给爸爸上坟。他们虽说已脱了军装十几年了,可每次在爸爸坟前,他们都会行军礼。慢慢地,我也学会了,跟在他们后面,学着他们的动作!

感激干爸爸们,为他们之间的战友情而感动!因为他们的情谊,而让我感觉到整个世界都是温暖的。

战友情,人世间最珍贵的情谊!

 感恩提示

gan en ti shi

不知道什么原因,我从小就对军人有莫名的敬意。细细读完这个故事,敬佩之意油然而生。不禁为文中战友间纯洁真挚的友情热泪盈眶,人间的真善美在这篇文章里展现得淋漓尽致。

"我不是军人,对于这份战友情的感触缘于我的父亲",在父亲和他的战友身上,作者感受更多的是真正的友情。这种在部队里建立起的深厚的真正意义上的友情,从没有因时间的流逝而有所减弱,相反,在生活的点点滴滴中,越来越香纯。

父亲从不会向命运低头,不仅因为他是个铁铮铮的汉子,也是因为在他背后有战友用军魂给他筑起的一道不倒之墙!

是的,每当"我"父亲陷入危机,父亲的战友们,无论贵贱,都会一起出现,尽所能帮助父亲渡过难关。他们的话里没有一点儿华丽的语言,平实的话里却处处流露出铁铮铮的军人之间的真诚。

最后这一次,父亲走了,永远地离开了"我"。父亲的战友情却永远留在"我"的身边,"我"有了更多的爸爸:方爸,李爸,翟爸……。"我"不曾觉得父亲离开,因为"我"拥有另一种父爱,另一种幸福!

(古伟芳)

那是一个下雨天里，两年不见的他们在那条胡同里相见，他把他的衣服披在了她的肩上，她再次问他："不冷吗?""不冷，只要你暖和,我就不冷了。"

水 晶 球

◆文/Liao-Ying

他与她住在一起,两家的房子只隔着一堵墙。

他是一个帅帅的小男孩,有着阳光般的笑容;她是一个可爱的小女孩,有着天使般的面庞。他只比她大1岁,但他却把她当成是自己的一个小妹妹,无微不至地爱护着她。她也为自己能拥有一个这样的哥哥而感到高兴。

小时候,他俩总喜欢在下雨的时候,手牵着手,在一条小胡同里来回奔跑,她有时冷了,他便把他的衣服脱下来披在她身上。她能感觉到他的衣服里的温暖。她每次都问他:"你不冷吗?""不,只要你暖和,我就不冷了。"她听着,甜甜地笑了。

每次回家,他们都淋得像落汤鸡似的,免不了被父母臭训一顿,但他们每次都不在乎。

在她有困难时,他总能帮助她;在他有麻烦时,她总是安慰他。渐渐地,他们长大了,他们照样在那条小胡同里感受着雨的滋润。但是,他们没有像小时候那样跑来跑去,而是漫步着,畅谈着。

有时双方的父母开玩笑说他们真是青梅竹马。那时他们只是傻傻地笑。

他们也不知道这是不是青梅竹马,他们只知道他们这份感情是没有任何杂念的。

终于有一天,他在雨中面无表情地对她说:"也许我要搬家了。""为什么?"她带着惊讶的表情问他。"因为马上要上高中了,妈妈说很紧张,所以……"他不想再说什么了。她也已经明白了。他们什么也没说,只是手牵着手在雨中想着自己的心事。

他走的那天她没去送他。他托人给她带去一个礼物。包装纸上印着一颗火红的心,她打开它,是一个水晶球,里面是两个小人,周边的雨下个不停,旁边还有一封他的短信:虽然我们不能天天见面了,但我们的心是彼此相通的。友情是不分界限的。

女孩哭了。

15

又下雨了，女孩似乎感觉到了什么，放下手中的笔，飞奔出家门。她听到她的母亲在后面喊："回来!快回来!别忘了带伞啊!"她才不要什么伞呢!

她跑到了那条胡同，她发现了一个人，全身都湿了。是他!她扑了过去，泪水涌了出来。几天不见犹如几个世纪的分别。他扶正她，对着她笑，她依旧哭着，说："你干吗不来看我啊!""我不是来了吗?"他捏了捏她的鼻子，"这么想我啊，早知道我就不走了。"她甜甜地笑了。那个下午的几个小时，他们谈了许多，几乎把几个世纪的话都谈完了。

他们的友谊又这样相继维持了两年。他要高考了。他的父母找到她对她说："他要高考了，请以后别再找他了。"她只有默默地点头，没有说话，她知道，这也是为了他好，在那一年里，每当下雨的时候，她再也找不到那熟悉的身影了。只有她孤独地在那条胡同里来回走，盼望着那个身影的出现。

第二年，他也要高考了，她的父母找到他，也说了同样的话。他也只是点点头，没说什么。他安慰自己的话就是去年她安慰自己的话。但他并不知道，在那条胡同里出现了自己的身影，消失了一年前的那个身影。

终于又熬过了一年，她居然是分在了他所在的学校，几分诧异之外，是几分惊喜。

那是一个下雨天里，两年不见的他们在那条胡同里相见，他把他的衣服披在了她的肩上，她再次问他："不冷吗?""不冷，只要你暖和，我就不冷了。"她甜甜地笑了。

 感恩提示

gan en ti shi

"不冷吗？"

"不冷，只要你暖和，我就不冷了。"

且不讲文中的这句对话有多大的分量，看似宣扬友情的文章，却暗藏"杀机"。换个角度，给人的是另一番感悟：在适当的位置上做适当的事，幸福自会悠然而至。

文中曾经的青梅竹马、两小无猜，感情像水晶球般的纯洁剔透。岁月的增长也许将这份感情蒙上某种色彩……黑色白色红色都好，只要不让颜色泛滥，最后都会是一幅绚丽的画。

当树木还是幼苗，我们没必要让它开花结果，揠苗助长无疑是一种急于求成的自我毁灭。欣赏树苗吸收阳光雨露的过程，不也是一种美?

我听过一个故事：一个农夫的儿子早恋了，农夫知道后，一声不吭，他将院子里那棵苹果树上所有未熟的苹果摘了下来。儿子放学回到家，看见桌子上一筐筐未熟的青苹果，很纳闷儿：这些果子又吃不成，摘了多可惜呀！

"你现在把它们打光，秋天吃什么呀？"他终于忍不住问爸爸。

"可是，这跟早恋又有什么区别呢？"农夫看着儿子静静地说。

儿子恍然大悟。

他果断地走出了那场早恋，全身心地投入到学习中去了。

那年秋天，他家树上没有收获到成熟的苹果。但他知道：在人生的秋天，他一定会收获很多很多的果实，包括爱情。

借着这个故事，我想说，我们还是孩子的时候就应该做孩子应该做的事情，像故事中的两个主角一样，坚持该坚持的，不要盲目固执。当人生的道路有了一定的铺垫，一切都会水到渠成。

（林紫珍）

 每一个孤独的背后，都会有一道洞察之光来启发她，让她的寂寞、禁锢的心裂开一条缝，好让存在的快乐和爱进入，开启她内心存在的宝库。

我与细细的花样友情

◆文/缟素的仙女

一

叶细细是我的高中同桌兼室友，三年同窗，其情甚笃。如今天各一方，每每电话联络，总要侃侃而谈，那份默契感丝毫不亚于当年，总觉得又回到数年前唧唧喳喳的花样年华。

初次对叶细细有好感，是羡慕她有一个听起来温柔似水的名字。

高一刚开学，照例是自我介绍。当那个声音柔和婉转的女老师喊到叶细细时，一个扎着羊角辫，脸蛋红扑扑的女孩子，一蹦一跳走上讲台，头上的彩色发夹闪着耀眼的光芒，满脸的稚气未脱。

我觉得她傻傻的好可爱，忍不住笑出声来，静谧的教室就这样被我打破，同学们纷纷向我这个"害群之马"投来责备的目光。叶细细先是一愣，继而"哈哈哈"大

17

笑三声，众人的目光又被她牵引过去，个个嘴巴张得老大。

叶细细从此一笑惊人，班里所有人都知道她有一个名不副实的名字。虽然名为细细，精致典雅得有些过分，不免让人错觉她是林妹妹一样的女子，其实她来头不小呵。

二

开学不久之后的座位大对调，阴差阳错地我竟和细细成了同桌。当我清静的生活因细细的到来而灭亡的时候，我悲痛地哀叹："造化弄人啦！"她却不以为然，嘻嘻笑道："人靠自我的造化弄天。"我瞪圆眼睛把她全身上下都扫了一遍，心想：叶细细，我算是记住你了，往后的日子咱们走着瞧，一定与你势不两立。

我本是喜欢安静的人，自己话不多，也不喜欢别人嚷来嚷去的。细细则最怕寂寞，一分钟没有人和她说话，她都会受不了。一开始我怎么都不愿意跟她讲太多的话，吵吵闹闹的不太像话。而她也没闲着，和前面的人说说，再和后面的人聊聊，时不时还发出她那独一无二的笑声，接连数声的"哈哈哈"。

瞧和她聊天的那群人乐翻了天的样子，我不得不佩服起细细来，忍不住问她，你怎么会有那么多话题可以聊啊？

细细嘴角上扬，得意地说，羡慕我了吧。我被她那副骄傲的神情逗乐了，还真像个小孩子，满可爱的。其实又有谁喜欢寂寞，于是在细细的带动下，他们聊天时，我也时不时地插上几句。日子一久，我变得开朗了许多，苍白的脸因为总是笑逐颜开，渐渐有了血色。这些都是细细的功劳。

印度有一句谚语说，朋友是抵抗忧愁与恐惧的卫士。认识我的人都说我的转变很大，以前是太内向。我也感觉自己的变化很好，至少快乐了许多。

也许正如细细所说：每一个孤独的背后，都会有一道洞察之光来启发她，让她的寂寞、禁锢的心裂开一条缝，好让存在的快乐和爱进入，开启她内心存在的宝库。让她活得更幸福，让她的生活更有效能。而细细，她是我在寒冷冬天的早晨感受到的第一缕阳光，温暖入心。

在和细细同桌了一个星期后，我和她成了好朋友。我有什么不开心的事总忍不住向她诉说，而她横冲直撞的个性，怕也只有我才能容忍。细细总喜欢在人前夸张地炫耀，我和小鱼的友情是天注定的，她的细心温柔和我的勇气胆量形成绝美的知己组合，就像李白与杜甫的友情一样。

我又发掘了一项细细的特长，她还真能吹嘘。

三

我和细细有一个最大的共同点就是喜欢美食。用她的话说,我们的友谊就是在吃中一天天更加坚定的,好像我们之间除了吃其他一无是处似的。但不能否认的是,我们的口味极端相似。

我们都有一个能做一手好菜的母亲,从小被美食宠坏了,可自从住校后就很少吃到了,最惨的是学校食堂的饭菜又很难吃,我和细细不得不"另寻吃路"。所谓的患难见知己用在吃上也未尝不可。

我和细细开始到外面吃。早上因为起不来,出去买早餐怕耽搁了上课的时间,就胡乱吃几片饼干充饥。一个上午的课上下来,我们的肚子早就唱空城计了,等到下课铃声一响,就迫不及待地去宿舍取来自行车,骑上十来分钟到镇上寻饭吃。

我和细细一致认为,在紧张的高中生涯,没有什么比在一起吃饭更能坚固友谊的了。于是,我们用了最短的时间扫遍了学校方圆 5 里的各色摊档。

最爱的当然是离学校最远的一家小饭馆门口摆的那锅汤汁红艳的麻辣烫,尽管要多骑一会儿车,我们还是乐此不疲地去吃。特别是冬天,要是能吃上热腾腾香喷喷的一碗,整天都觉得暖暖和和的,学习起来更带劲了。

细细逢人便说,我和小鱼是最好的饭搭。我听了总是乐呵呵地笑,再难听的词语我都忍了,谁叫我们那么要好呢?甚至连零食的牌子都喜欢格力高与旺旺,冰淇淋最爱巧克力味的,牛奶一定要喝纯的,瓜子非话梅味的不吃。

那会儿班上有男同学玩《仙剑》,细细也要学,结果没有学会,却被里面的爱情故事感动得一塌糊涂。她泪花闪闪地对我说,小鱼,你知道我最喜欢里面的一句什么话吗?

我想应该是有关爱情誓言的感人话语吧。细细偷乐了半天说,我最喜欢李逍遥对林月如说的那句"吃到老,玩到老,活到老"。

我听了又好气又好笑,细细啊细细,真有你的。

四

上高三的时候,我和细细不可救药地迷上了亦舒,每天晚上都要躲在被窝里看,后来又迷上了三毛,最羡慕的就是三毛与荷西的爱情。结果可想而知,我们爱上了做梦,而且是最可笑的白日梦,那些飘零虚幻的梦,如白雪纷纷彩霞悠悠,主题都是和白马王子有关的。

细细一本正经地盯着我说,有你这个朋友我觉得生活挺开心的,如果能与一个英俊痴情的男孩谈一场恋爱,那我的生活岂不更是锦上添花吗?

很快的,细细便喜欢上了隔壁班的男孩朴淳,那个留着长长的刘海,眼睛如星子一般明亮的男生。细细像陷进了漩涡一样陷在自己对爱情的幻想里面。

细细向朴淳表白了,她从来都是引人注目的女生,漂亮活泼,朴淳没有拒绝她。当他们手牵着手在我的面前经过时,我觉得自己应该站出来拉细细一把了,最近的一次月考她的名次明显下降,再这样下去,她考取武大的梦想就要破灭了。

又一次月考,细细的名次竟然降到我的下面,这是以前没有过的。我终于失去了平时一贯的温柔,大声地呵斥她,你真的喜欢朴淳吗?不要为了满足自己对爱情的幻想而轻易地去尝试,不是我看不起你,你现在还不懂什么叫真正的爱。不合时宜的种植是得不到收获的。你不是一直都想去看武大的樱花吗?我看你这样下去,你的梦想是永远都不会实现的。如果你们真正的相爱,就一起考取武大证明给我看。

细细是多么骄傲的一个女子,她听了我这般的怒斥,几乎要和我打起来,她也声嘶力竭地说,江小鱼,我要和你绝交,你凭什么这么和我说话,你以为你是谁?我妈妈都没有这么说过我。说完呜咽不止,我也哭了,从来没见过细细这么伤心过。但我对她,完全是出自一片好意,我想她会明白的。

细细有两个星期没有跟我说话,两年多来,我们都没有闹得这么僵过。但庆幸的是,她和朴淳分手了。她显然把我的话听进去了,其实相处了这么多日子,她早已长成一个成熟懂事的女孩子了。

圣诞节时,细细终于打破我们之间接连半个月的沉默,她请我吃麻辣烫,还是我们最喜欢的那家餐馆。

我们又回到了以前互相叫饭搭的日子,细细拍着我的肩膀说,还是和你一起吃麻辣烫最香,如果再不与你和解,我就要烦闷死了。小鱼,谢谢你,现在我才知道,忠告才是朋友最好的礼物。这辈子,我就认定你是我最真诚的朋友,最合拍的饭搭。

五

后来,细细如愿以偿考上了武大。在那个樱花飞舞的校园里,善良可爱的细细,开朗活泼的细细,她应该又交上了可以掏心的朋友,或许还会拥有一段浪漫如樱花的爱情,我始终相信,把最好的留到最后一定会更美丽。

三毛说,知交零落实是人生常态,能够偶尔话起,而心中仍然温柔,就是好朋友。因为在那段花一样美好的岁月里,曾经有细细陪我走过,我觉得很幸福。尽管不再在一所学校,不再是上下铺,但有一段诗写得好:两棵在夏天喧哗着聊了很久的树,彼此看见对方的黄叶飘落于秋风,它们沉静了片刻,互相道别说:明年夏天见!

细细,可爱的饭搭,明年夏天见。

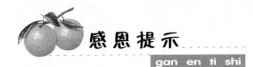

感恩提示
gan en ti shi

曾有人说过,人类是鱼,是活在友情中的鱼。我觉得这话入木三分地描述了人与友情之间千丝万缕的关系。友情在我心中是水样的。

"有缘千里来相逢,无缘对面不相识",茫茫人海中两人相识需要多年修来的缘分,从相识到相知更格外难得。文中细细和"我"原本是两条互不相交的平行线,"我"喜爱安静,细细最受不了寂寞。"物以类聚"在她们身上失去了说服力。尽管性格有明显的差异,但是她们友谊却在一天一天地坚定。造物赋予她们不同的性格,却给予她们相同的爱好。相同的爱好是她们友情之河的源头,是她们相识、相知的缘分。

水样的友情,决定着友情具备着水样的性质。水有涨有落,友情也有起有伏。可真正的友情是不会随着起伏而改变的。"知交零落实是人生常态,能够偶尔话起,而心中仍然温柔,就是好朋友。"三毛更准确地把友情水样的性质刻画出来。友情具有水样包容的特性,也具有水样追求清澈的情怀,友情需要细心经营,用心呵护。没有友情的人生是孤独的、可怕的。用心建造一份属于自己的友情吧!它会使你受益一生。

(吴 茵)

我不知道我把那封短信看了多少次。它充满了生命的美妙音乐,我觉得飘飘欲仙!

笔　友

◆文/[意]拉法埃莱·费拉里斯

在各种孤独中间,人最怕精神上的孤独。

——巴尔扎克

微不足道的小事往往会演变成人生的重大经历! 我从历时 20 年方告结束的一段生活经验中认识了这项真理。

这经验是我在 21 岁读大学时开始的。有一天上午,我在一本行销很广的孟买杂志某页上看到世界各地征求印度笔友的年轻人的姓名和通信地址。我见过我班上男女同学收到未曾晤面的人寄来厚厚的航空信。当时很流行与笔友通信,我何不也试一试?

我挑出一位住在洛杉矶的艾丽斯的地址作为我写信的对象,还买了一本很贵的信纸簿。我班上一个女同学曾告诉我打动女人芳心的秘诀。她说她喜欢看写在粉红色信纸上的信。所以我想应该用粉红色信纸写信给艾丽斯。"亲爱的笔友,"我写道,心情紧张得像第一次考试的小学生。我没有什么话可说,下笔非常缓慢,写完把信投入信箱时,觉得像是面对敌人射来的子弹。不料回信很快就从遥远的加利福尼亚州寄来了。艾丽斯的信上说:"我不知道我的通信地址怎会列入贵国杂志的笔友栏,何况我并没有征求笔友。不过收到从未见过和听过的人的信实属幸事。反正你要以我为笔友,好,我就是了。"

我不知道我把那封短信看了多少次。它充满了生命的美妙音乐,我觉得飘飘欲仙!

我写给她的信极为谨慎,绝不写唐突那位不相识的美国少女的话。英文是艾丽斯的母语,写来非常自然,对我却是外国文,写来颇为费力。我在遣词用字方面颇具感情,并带羞怯。但在我心深处藏有我不敢流露的情意。艾丽斯用端正的笔法写长篇大论的信给我,却很少显露她自己。

从万余公里外寄来的,有大信封装着书籍和杂志,也有一些小礼物。我相信艾丽斯是个富裕的美国人,也和她寄来的礼品同样美丽。我们的文字友谊颇为成功。

不过我脑中总有个疑团。问少女的年岁是不礼貌的。但如果我问她要张相片,该不会碰钉子吧。所以我提出了这个要求,也终于得到她的答复。艾丽斯只是说她当时没有相片,将来可能寄一张给我。她又说,普通的美国女人都比她漂亮得多。

这是玩躲避的把戏吗?唉,这些女人的花样!

岁月消逝。我和艾丽斯的通信不像当初那样令人兴奋。时断时续,却并未停止。我仍在她生病时寄信去祝她康复,寄圣诞片,也偶尔寄一点儿小礼物给她。同时我也渐渐老成,年事较长,有了职业,结了婚,有了子女。我把艾丽斯的信给我妻看。我和家人都一直希望能够见到她。

然后有一天,我收到一个包裹,上面的字是陌生的女人的笔迹。它是从美国艾丽斯的家乡用航空邮寄来的。我打开包裹时心中在想,这个新笔友是谁?

包裹中有几本杂志,还有一封短信。"我是你所熟知的艾丽斯的好友。我很难过地告诉你,她在上星期日从教堂出来,买了一些东西后回家时因车祸而身亡。她的年纪大了——4月中已是78岁——没有看见疾驶而来的汽车。艾丽斯时常告诉我她很高兴收到你的信。她是个孤独的人,对人极热心,见过面和没见过面的,在远处和近处的人,她都乐于相助。"

写信的人最后请我接受包裹中所附的艾丽斯的相片。艾丽斯说过要在她死后才能寄给我。

相片中是一张美丽而慈祥的脸,是一张纵使我是一个羞怯的大学生,而她已入老境时我也会珍爱的脸。

感恩提示
gan en ti shi

因为精神上的孤独,两个相隔遥远、年龄差异极大、人生背景生活阅历完全不一样的人通过一张薄薄邮票连接在一起。虽然两人从没见过面,甚至连对方的照片都没看过,但是这并不妨碍他们成为朋友。

朋友有很多种,有点头之交的朋友,有吃喝玩乐的酒肉朋友,有因共同利益而捆绑成的利益朋友……但是我们真正需要的朋友却是可以填补精神上空虚、驱赶精神上孤独的朋友。没有友情在精神上的填补,人就会在精神的折磨下孤独得发狂。有了精神上的朋友,我们就可以无畏地面对生活,坦然自若地享受生活带来的乐趣。

可以填补精神空虚的友情是难得的、格外珍贵的。如果你现在已经拥有了一份这样珍贵的友情，在庆幸命运对自己的宠幸时，更需要备加心思呵护、经营这来之不易的友情。要是还没获得这样的友情，不要灰心，只要在日后的生活中用最真挚的感情去对待每一个人，那么真正属于你的友情很快就会降临在你的身上！

（吴 茵）

人生真的不可以再来一次。让我们都珍惜这份难得的友情吧。

我拿什么拯救你，贤？

◆文／娴 雅

　　贤，我的老同学，做梦也没想到我们分别了二十年后再见的理由竟是因为你已身染绝症将要诀别人世。你因为癌症扩散到了等待死亡随时召唤的日子了，于是你想起了要见一个尘封在心底的同学——我。

　　当你的家人千辛万苦地多方打电话找到我的时候，我正好出差在青岛某宾馆。找到你的喜悦只持续了几秒钟，就听到你家人的哭泣："你能来一趟吗？贤已经不行了，她现在最想见的就是你，她说二十年了，她常常梦见你……"我的大脑一片空白。一个声音在内心响起："我要去看她，我要救她！贤，等着我，我来了！"订票、退房、打的、登机，3个小时后，我飞到了你的身边！

　　轻轻的一声呼唤："贤，我来了！"你早已泣不成声。可我得忍着泪水，依然笑着拥着你："贤，二十年了，真的好想你！回北方两次多方打探你，就是找不到啊，你的单位倒闭了，你嫁人了，你的娘家搬走了，其他同学都不知道你的地址，你为什么不找我呢？我的单位还在啊！""你会好的，有我帮你呢，要相信医学，还是有办法的……"我开始和你的家人一起和你说着善意的谎言。我的脸上笑着，心如刀割！

　　贤，你不仅仅是我的同学，还是我的闺中好友。我们小学三年级就在一起，一直到初中毕业，我们在一起六年的光阴里，不仅结下了深深的同学情谊，更多的是深深的姐妹情。

　　我一直以为你生活得很好，也许过了好的日子你就忘记了寻我。可是和你的家人谈起，才知道你生活的非常艰难。20世纪80年代中期，夫妻双双从国企下岗。

没有了收入,到处打零工维持生计。听说你叠过餐巾纸,叠一箱才挣1元钱,一天才挣10元钱;你摆过小摊,也没赚多少钱;你做着家政服务,全天在人家干活,一个月才350元钱。不幸丈夫又患脑溢血,生活更加雪上加霜。那几年,你们三口之家就是靠你350元钱过日子。可以想象,350元,那是怎样的艰难你才能维持下去啊!你竭尽全力给丈夫看病,万幸的是丈夫恢复了,可以自理了(但不能再工作了),你却倒下了。今年4月初去医院,医生就宣布你已经癌症晚期,毫无救治的希望,只能回家等待生命的离去。

你的家还是70年代的水平,除了一台黑白电视机外就没有什么家用电器,现在儿子19岁了,还是和你们睡在一个十几平方米的小屋里。厨房和卫生间是三家公用的,你们没有钱买房子,你一直挣扎在生活的最底层。你的儿子因为念不起高中,只能去技校,为了挣钱养家早早的就去工作了。当你看到19岁的儿子每月能挣到800元钱的时候,你已经很满足了。当你感到身体不适的时候也忍着,因为你怕耽误了家政工作,那样你连350元钱也拿不到了。你坚持着做完了3月份的工作才去医院看病。350元钱你是挣回来了,可是你的命却是挣不回来了!

贤,怎么会是这样呢?我们分手的时候你们家不是还很好吗?我知道你的病是累的,是操心的原因,积劳成疾啊!

说实在的,你的疾病我不震惊,许多人都有过,但是你的贫穷我很震惊,我知道从小到大你就是个要强的人:你内向,不肯求人,连我和你这么好你也不肯求我什么。

记得当时中学的时候我是班级团支部书记,我要你入团,你说:"不行,不能因为你是书记就照顾我,别人都知道我们关系好,我入团大家会以为我和你好是因为我想巴结你入团,我偏偏不入了。"我多次劝你也无济于事,直到毕业你也没有入团。我知道你最怕写文章,我只能在一本日记本上为你写好一份入团申请书,三份思想汇报,以备你做知青的时候入团用。

在学校里你好像我的影子,一直跟着我,处处维护着我。你说,我是你的偶像,无论我做什么你都以欣赏的眼光看着我。你说最喜欢看我写诗、读诗给你听;你说我最好看,虽然我知道我不是最漂亮的女孩;你说最喜欢听我拉小提琴,喜欢听我唱歌,喜欢我和你一样善良的品格……

你看到我们家里没有沙发就央求你做木匠的父亲给我们家做了一对单人沙发,还不肯收工钱;你是家中最小的女儿,70年代的时候,你父亲常常给你一些零花钱,而你经常约我一起上太原街,用你的零钱买冰激凌给我吃,然后我们一起照一张相。你的家人熟悉我就像我家人熟悉你一样,我们一起快乐,一起忧愁,一起讲着女孩的悄悄话,那时候我们是多么快乐啊!

　　如今我的到来让你蜡黄的脸上有了一丝血色和微笑,但是我知道你是多么的痛苦啊!你腹胀如鼓,疼痛让你睡卧不安。晚上,你不能安稳的睡满20分钟,你得变换不同的姿势,坐着、撅着、侧着、跪着、躺着,不停的折腾,你是难受啊!可是你忍着不哼一声,我知道你怕我难过;我也忍着不哭一声,可我还是止不住的泪水悄悄地打湿了一片枕巾,我怕你听见会更加难受。我一次次地偷偷抬眼看你,生怕我睡着了你突然离去;你也一次次地偷偷看我,轻声对我说:"睡吧,睡吧。"我陪你的那一夜真是我难以忍受的,我煎熬在你的痛苦里,你的家人却说你已经有一个月这样的不眠之夜了,你说你真想吃点儿耗子药死了算了,可是你又怎能舍下你的儿子和丈夫呢?

　　想起1982年,我随父亲转业回老家离开沈阳的时候,你来为我送行,你大而黑的眼睛湿湿地看着我,满眼是依依不舍;你说我们一直要联系,千万不要忘记你,可是,二十年了我又怎会忘记你呢?

　　我们之间没有什么惊天动地的大事,都是芝麻谷子之类的陈年小事,那些经友谊浸润的岁月在我们彼此的内心扎了根。不见面不等于遗忘,今天我们在一起回忆那些点点滴滴的往事仿佛就像在昨天发生的一样。你说起我的故事是那么津津有味,而好多事情我都不曾记得了,而你却记得真真切切。你一直保留着我给你的日记本,那上面有我写的一首首诗歌;你最近一直拿出我的照片看着,你的家人就知道了你想我的心事。

　　可是,贤啊,我一直就不明白:你为什么不早一些找我呢?也许我会尽力帮助你的。你的三哥告诉了我答案:"她是个要强和知趣的人啊!一直想靠自己的力量支撑下去,她不想让包括你在内的人知道她过得不好,她太要面子了!"贤,我懂了,我知道你想在你各方面都好一些的时候来见我,可是你却等不到那一天了。

　　当我二十年后面对垂死挣扎的你,我能做些什么呢?我拿出相机给你拍了许多照片,我知道这就是你最后的遗照了! 我只能掏出我身上所有的钱,对你说:"贤,我们明天就去看病,请最好的医生上最好的医院!费用我来负担。"可是你却说:"不用了,我看了许多医院了,我知道好不了了!"我们只能相拥而泣。

　　贤,我拿什么拯救你呢?难道那一点点钱就能够挽救你的生命吗?我明明看见你的大姐第二天拿了我给你的2000元钱去买药了,我问三哥,到底还有多少钱?三哥嗫嚅地说:"还有2000块,已经用了1万多块钱了,这些钱是我们三个姐哥弟凑的,有两个哥哥还不肯拿出一分钱来,因为我们都在一个厂里,都下岗了,实在没有这么多钱。"我听到这些心里更是悲凉,可是你却对我说:"没事的,5月份我们夫妻的社保就会办下来的,到时候我们可以每人从银行拿220元钱呢。"贤,我真是难受!这点儿钱要是我,那是绝对过不下去的,我不知道这些年你是怎么过来的。

贤,我来了,了你一个多年的心愿,可是你却留不住了,我生命中最要好的一个朋友就要离我远去了,我看见了死亡的脚步在追着你,我除了眼睁睁地看着你在煎熬一点办法也没有啊!

终于到了我离去的时候,我依然强装微笑面对你:"来,贤,让我拥抱你,坚强些,我会帮你的,回去我就给你寄钱,你会好的,我还要来看你,我要你快快好起来,我在太湖边上等你来……"你哭了,可是我不能回头看你的眼睛,我只能快快地离开你,到门外我才能放声大哭。

贤,我知道我挽救不了你的生命,你不要谢我,我留下的一点点钱也是杯水车薪,那不能说明我的慷慨大方,我知道那只是为了我的自私——良心好受一些。尽管你的公婆兄弟姐姐对我感激不尽,但是我反而还要感谢你,感谢你在生命的尽头还会想起我,感谢你让我知道我在你心目中还是那么完美无瑕;感谢你让我觉得活着是多么美好,让我觉得做人是多么有成就感。在平凡的岁月里,我依然是朋友们的想念,在遥远的北方依然有这许多牵挂,无论男女朋友他们牵挂着我这个远离二十多年的朋友,想起这些我怎么会不感动,怎么不感慨万千呢?

我知道,在生活中我没有能力去改变一个人的命运,但我完全可以用心中的善念,比如一个微笑、一句问候、一次探望……这些都是我可以做到的;而这些,虽然是显得微不足道,但它能让那些生活在贫寒和病痛中的人们看到希望和阳光,感受人间的爱和温暖,从而让他们对生活对友谊心存感恩,我知道贤已经满意我了。

人生真的不可以再来一次。让我们都珍惜这份难得的真情吧。

感恩提示
gan en ti shi

"我们之间没有什么惊天动地的大事,都是芝麻谷子之类陈年小事,那些经友谊浸润的岁月在我们彼此的内心扎了根,不见面不等于遗忘,今天我们在一起回忆那些点点滴滴的事仿佛就在昨天发生的一样……"读罢《我拿什么拯救你,贤?》,我泪流满面。

二十年前,一对形影不离的好友,一声依依不舍的道别。二十年后,一次垂死时刻的重逢,一句二十年牵挂的"朋友"。二十年的思念,二十年的牵挂,二十年的寻寻觅觅,友情,却在一方垂死诀别之际也没有变质。

别人都说友情是建立在利益上面的,可真是这样吗?小时候,作者与好友贤一起快乐，一起忧愁，一起讲着女孩的悄悄话，贤央求父亲做一件沙发给"我"，零花钱两个人一起买冰激凌吃。难道这是用利益建立的友谊吗？贤忍受了二十多年的苦，也不愿向"我"求助，他着实不想让作者担心啊！她要强，她想在各方面都好一些的时候再见"我"，把她最好的一面呈现在"我"面前。她不希望"我"为她担忧，也不愿意拖累"我"。只有到了她生命的最后一刻，才忍不住要见她那一生最好的朋友，了却心愿。就算在她见到"我"时，也是扮得若无其事，因为她不想看到好友流泪憔悴的面容。这是多么伟大，多么无私，多么真诚的友情啊！我想，在时间的无情冲刷之下，友谊才会显现其钻石般的绚烂。

友情，应该是纯洁的，只有好好地珍惜，人生才不会留下遗憾。"我"显然没有拯救到贤的生命，却拯救了她的灵魂。同时，贤也拯救了"我"的心灵。

（钟华龙）

我永远地失去了一位真正的朋友，我不肯原谅自己。我想起了文远送我的生日礼物，可我还配吗？去做那只黑暗中追求光明的蝴蝶。

友情如歌

◆文/佚 名

——告诉我，这世上有什么东西是永恒的吗？

思念如静静燃着的红烛，烛焰摇曳着，将我的心影一忽儿拉长，一忽儿拉短。温柔的黑夜轻轻笼罩下来，间或吹过一阵柔弱冰凉的风，一两片叶儿便如秋天的大蝴蝶悄然坠落。

我的心不由得皱缩了。遥遥远远的泪光中。我看到文远询问疼爱的笑容，泪光中，文远的脸很模糊。

今天是文远离开我的日子，文远，这么大一段日子里，你——还好吗？

文远是我的朋友，我们是在一次春游时认识的，文远有着一双很深很深的眼睛和一颗倔犟善良的心灵。关于人生，文远有他自己独特的理解，文远总说"我很落伍"，怎么样？也许就是因为这一点，我们成了很好的朋友。真的，我们很好，我们谈海明威，谈茨威格。谈凡·高……最主要的是，在追求上，我们有着共同的东西。

我欣赏文远的那份坚强和肯承担,而文远说,从来没听说过一个女孩子把蝴蝶作为一种追求的,我很喜欢他所指的其中含义。

谈到蝴蝶,那还是在一次放寒假之际,因为刚考完试,大家都比较闲散。我、萍儿、沙兵,就都躲在文远的屋子里一边烤火一边剥橘子吃。照例总要谈最新近看过的书或电视剧或周围的人和事,话题不知怎么就转到金钱转到权势转到班里那个美丽而又狂放的许小丽身上,我忽然就说:"嗨,我告诉你们啊,我要长成一只蝴蝶。"当时大家都笑了,沙兵还冲我叫:"珠儿,蝴蝶至少是比较漂亮的吧。"我懂沙兵的意思,我知道自己是一个其貌不扬的女孩子,可我想沙兵误会了我的意思,我对蝴蝶的喜爱缘自于孩童时代,对蝴蝶的追求代表着我对一种简单纯净光明生活的追求——与外表无关。

几月后是我的生日,文远送了我一大幅装嵌精美的蝴蝶画片作礼物,文远还说:"你的蝴蝶,给你吧。"我想这就是文远与别人的不同,文远能够很容易地明白我。

依文远的话,他不愿是个坏心的人,所以每次跟文远上街,遇到那些向他伸手要钱的或老或少的人们,文远总会毫不犹豫的予以帮助,还拉我一块儿加入进去。后来,次数多了,我又读了一篇小说,写一个女孩靠着要饭在农村的家里盖起了一栋小洋楼,小说大写这个女孩一边做出可怜兮兮的样子一边在心里暗笑城里人的迂,暗想自己其实比这些人都有钱。我就再也不肯做这样的迂人了,可文远不管这些,逢他没带钱的时候,文远还很理直气壮地伸手从我兜里掏钱递给那些乞丐,我不肯,文远就对那些乞儿说:"瞧这种连妇人之仁都丢掉了的小女生。"恨得我叫着就去打文远。

心情不好的时候,我就去找文远。文远总会泡一杯茶给我,然后,就安安静静地讲好多话给我听,直到我好起来。

那段日子,因为文远而存在而变得安宁单纯。

那样的日子持续了很久很久。

一直到有一天,我听说文远的父母在闹离婚。文远的父亲和另一个女人在一起,是文远亲自看见的。我跑去找文远,毕竟,那一年我们才17岁。17岁的我和文远,都固执而传统地把责任、原则看得同尊严一样重要,而且,文远很热爱他的父亲。

我走过去,坐在文远的对面,我不知道我要说些什么,可我想我必须说些什么,我要让文远振作起来。后来,我看到文远开始安静下来,文远说:"你知道吗?有时候我真觉得你像我的小妹妹……"说着,文远走过来,捧起我的头,在我的额头上轻轻地吻了一下。文远的吻冰凉而又温柔,没有任何欲念,我还听到文远说"我只是有点儿害怕……"可我,我想我无法原谅自己,我竟然伸出手去,向眼前那张脸抽去。

我已不记得我是怎样走出文远的屋子,从一开始,我就知道我是错了,我知道文远从来就没有过任何别的想法,文远用他的行动告诉了我一如他所言的,相信这个人世间是有着美好与温情的。而我,天晓得我是凭着怎样的潜意识中一种女孩子的虚荣心和自以为圣洁的想法去玷污了文远。

几天之后,文远死于煤气中毒。我想这是上天对我的惩罚,虽然文远的朋友们都说这是意外事件,没有办法,可我总觉得是因为我,我没办法原谅自己。我亲眼看到文远被抬出来,脸色黑青,和文远同舍的还有两个,也被抬出来,另一个,被送往医院。我没办法原谅自己,文远说"你真像我的妹妹"的时候眼神宁静而温柔。多少年之后,当我冷眼看着别人的逢场作戏自以为是,当我听着人们谈说着感情、道德、高尚的时候,我更加感到文远的可贵。

那天之后,文远曾来找我,盯着我看,说:"给我一个解释吧。"我想我依然懂文远的意思,可我,以一个女孩子的虚荣和不肯认错,沉默着不说一句话。

我永远地失去了一位真正的朋友,我不肯原谅自己。我想起了文远送我的生日礼物,可我还配吗?去做那只黑暗中追求光明的蝴蝶。

是的,我不配,文远已经死了,在死前,我给了文远一份同样深重的伤害和打击,这是铁的事实。几月之后的一天,我见到了文远的同舍,他已康复,可是,脑神经已经破坏,见了人只是痴痴地看着,面无表情。那一刹那,我忽然热泪盈眶,文远,你还是死了的好。我忽然想起了那首歌:"看时光飞逝,我祈祷明天那个小小的梦想能够实现,在我生命中的每一天,让我用生命中最嘹亮的歌声来陪伴你,让我将心中最温柔的部分给你,在你最需要朋友的时候。"

从某种意义上来说,简单就是幸福,也许我应该学会忘却,忘却生命中太多的故事,包括文远,也包括那只蝴蝶。这样,我就会活得比较容易,比较平和,可我做不到,在理想和现实的碰撞中,我忧伤地发现我的蝴蝶正在失去它最初的颜色。

一位哲人说:成长的过程就是不断失去的过程——失去纯真,失去宽厚,失去文远……

一种忧伤的情结如歌穿插过我的双瞳,文远,文远,你现在好吗?

感恩提示

慢慢读着《友情如歌》一文,我被感动了。在《友情如歌》一文中,"我"遇到了生命中最动人的一首歌,也是最美的彩虹,然而年少的无知,年少的虚荣,年少的任性,使"我"埋葬了这首歌。文远死了,永远在我的生命中失去。文中的"我"自责,逃避,痛苦,思念。因为"我"无法原谅自己,在他最需要关怀的时候,给了他最沉重的打击,而"我"已做不出任何的补救。"我"不能释怀,因为"我"失去了文远,也玷污了一份真挚的友爱。文远死了,带着"我"没来得及说出口的道歉走了。可是,蝴蝶还在。是的,我真的这样认为,也相信蝴蝶还在,蝴蝶依旧。

　　文远是一个多么好的男孩子啊。他坚强,他敢于承担,他善良,他温柔,他像天使。他给了一个平凡的女孩一双蝴蝶的翅膀,他祝愿女孩飞到理想的地方……他给了女孩一段单纯安宁的日子,这些日子是女孩一直追求的生活。他给了女孩一个相信世间存有美好与温情的信念。他是天使,他飞过人间。而现在,他又回到天堂。

　　这段友情已是两人心中不朽的绝唱。文远如何舍得,让蝴蝶失去它最初的颜色!这就是文远内心的灵魂之所以洁净的原因。所以,我知道,只要蝴蝶还好,文远也会很好。

　　"轻轻的,我将离开你/请将眼角的泪拭去/漫漫长夜里,未来的日子里/亲爱的你别为我哭泣/前方的路虽然太凄迷/请在笑容里为我祝福/虽然迎着风虽然下着雨/我在风雨之中念着你/没有你的日子里/我会更加珍惜自己。"

　　你听到没有,文远在天堂里唱:"没有我的日子里,你要更加珍惜自己。"

(黄锦玲)

知·音·难·忘·的·85·个·友·情·故·事·

31

　　十三年过去了,我们十三年的友情,于这个充满爱情的年代来说,微不足道,但是,于我们经历的岁月来说,弥足珍贵。

有一种友情叫永恒

◆文/紫陌香尘

　　第一次注意水儿,因为她的马马虎虎。那时是冬天,我们刚成为同学不久,女儿国一样的班级里,她并不引人注意。一天,上晚自习,她来晚了,光着脚丫穿着拖鞋,进了教室就哀号:"402的战友们哪,谁把寝室门锁上了,我还没换鞋呢。"我看着她举起的脚丫扎眼的出现在这个寒冷的冬天,失声狂笑,从来没见过这么大意的女孩,傻的可爱。冲她招招手唤她坐我身边,整个晚自习我们聊了个天昏地暗以闪电般的速度成为好朋友,没有在意我来自城市她来自乡村,没有在意我们不住在同一个寝室,更没有在意各自的数不清的缺点与脾气。友情就这样轻易的建立起来。那一年,我们 17 岁。

　　三年的卫校生活过去,我们的感情根深蒂固,我甚至觉得,三年的学校生活,唯一值得我庆幸与留恋的,就是和水儿的友情。这个小小的集可爱与可恨于一身的女孩是我的牵挂,我只知道自己喜欢看她快乐,尽我所能地带给她惊喜;喜欢让她感动,时常的写一些感人的东西骗取她的眼泪;喜欢她振作,在她没来由的每周痛哭而置同学们的好言相劝于不顾时,我会软硬兼施地痛斥她直到她破涕为笑。我曾经绞尽脑汁地给了她一个生日礼物,一个月 36 块钱的助学金是我们唯一的经济来源,除去吃饭的费用几乎所剩无几。于是我没花一分钱,根据她的梦想为她画了四幅我这辈子画过的最经典的漫画,并附带文字说明,以及一封牺牲睡眠写给她的信,估计是辞藻精美用意准确,她先是笑得岔气,而后又趴在课桌上整整哭了一堂课。以至于下课后她的同桌径直走到我面前问我对她施了什么魔法。她也曾经为了给我做冷面早早的起床,尽管后来因为我忘记了吃,而被她罚在我已经吃过早饭后又将一大碗冷面全部消灭,以至于那以后再也不想吃冷面了。但我仍然无法言喻的感激她的关怀。实习的时候,我们分别在两个距离很远的医院,她仍然住学校,我理所当然的回到离医院只两分钟路程的家里。通信成为我们的乐趣,我也会在没班的时候去学校看她,拿一枝新鲜的玫瑰给这个和我一样没有人陪的家伙,赶上她不在,我就趴在她的床上看她写的东西,分享她的喜怒哀乐。毕业了,她回家乡,我分到家附近的一所医院。面对分离,我们并没有抱头痛哭,因为我们知道,一切都不会结束。我们的友谊,会一直延续下去。时间与距离对于我们的友谊来说都微不足道。那一年,我们 20 岁。

　　水儿恋爱了,介绍了她男友的表哥于我,我也恋爱了。互相诉说倾诉爱情的种种,分享爱情的幸福成为了我们的习惯。那一年,我们 22 岁。

　　我结婚了,一个月以后,水儿也成为新娘,我为她化妆,那是她最美丽的一天。我们的关系又近一层,我们是亲戚。可是,她从不叫我嫂子只叫我哥们,我在她心里,永远是她哥们。那一年,我们 23 岁。

　　生了儿子,我成为一个完整的女人。四个月后,水儿的儿子来到人世。初为人母,疲劳战胜了喜悦,最初的欣喜在孩子的啼哭中踪影皆无。没有做好心理准备的我们,面对突如其来的小第三者,除了互相鼓励还是互相鼓励。那一年,我们 24 岁。

　　水儿随丈夫去了南方。我和她再没了心情在高额的电话费中闲聊。我不知道她在陌生的城市里经历了怎样的孤独与失落。我以为她过得很好,以为她终于拥有她想要的生活,繁华的城市,身边是她至爱的人,我以为,我淡出了她的生活,如同书上写的,结了婚的女人都会疏远曾经的朋友。我甚至以为,她终于长大了,不再像她说的那样依赖我了。后来,丈夫去外地工作,我成为单身妈妈。那一年,我们

27岁。

　　再见到她时，几乎找不到印象中水儿的影子，一脸的疲惫与无奈，没有了往日纯真的笑，精神状态亦不像正常人，思维也有些混乱，两年的南方生活没有使她快乐反而带给她无法承受的压力，于是她暂时离开了她深爱的丈夫，怀里抱着那个随时会在未来无法预知的某一天在她眼前倒下而不再站起的儿子，独自返回我们的城市调整心境。我们仍然没有抱头痛哭。我只记得我说，回来吧，和我住在一起，互相照顾。于是，城市里多了一个由两个女人，两个孩子组成的特殊的家庭。白天，我们各自上班，她会时常的发短信给我，傍晚的时候，我们带孩子一起下楼玩。夜里，孩子们睡了，我们就在黑暗中聊天，她述说她在南方的一切，陌生的城市，远离亲人朋友，痛苦，磨难，儿子的病，公婆的难以相处，工作的艰辛，人际的复杂。我听着她流泪的声音，心里像有利刃轻轻划过。我忍住泪水说，都过去了，回来了就好了，日子会好起来的。那一年，我们29岁。

　　水儿同我一起住了半年，逐渐找回了曾经一度失去的快乐与自信，她又是那个爱幻想爱做梦爱哭又爱笑的女孩子。因为想念她的丈夫，她决定重新回到那个她不喜欢甚至有些憎恨的城市。没想到她千里迢迢回去面对的，是人生的又一场无法预料的变故——她的丈夫爱上了别人。电话里传来她抑制不住的哭声，我不知道自己该做什么，愤怒让我几乎失去理智，我反复地问自己，怎么办，怎么办，怎样才能把她的伤害减到最低。那之后的十几天里，我们每天不停地发短信，我的手机为了收到她的短信彻夜不关，我怕她有任何的意外，怕她做出过激的事情，更怕她对生命失去信心。我要她坚强，要她勇敢，要她面对现实。经历了容忍、劝说、阻止、绝望、心碎，她终于带着儿子再次离开，以全然不同的另一种心情同那个给了她太多伤害的城市说永别。我在漫天风雪中迎接她回来，依旧没有与她抱头痛哭，我说，重新开始吧，没什么大不了。这一年，我们30岁。

　　十三年过去了，我们十三年的友情，于这个充满爱情的年代来说，微不足道，但是，于我们经历的岁月来说，弥足珍贵。这许多年来，我看着她成长，看着她经历，看着她欢笑，看着她痛哭，所有她感受到的，我都能够体会，她却没有如我希望的那样成熟起来。我看到的，仍然是当年的那个纯真的女孩，那个相信世间仍然有真情，那个苛求一份简单纯粹的爱的女孩。那个小小的身躯里仍然能够承受打击与磨难的勇敢女孩。

　　如今，一年过去了，我们在城市的两端各自生活，偶尔她会与我小聚，儿子一天天地在长，尽管孩子的病治愈的希望仍然很渺茫，但每一天，她都在为延长儿子的生命努力着。我们会时常的憧憬着，将来的某一天，我们会去我们喜欢的地方，一同坐在暖暖的阳光下，低吟浅唱，说我们最美丽的心事⋯⋯

感恩提示
gan en ti shi

十几年的感情，不像只是在叙述一个故事那样，一道而明。当中所承受的喜怒哀乐，恐怕只有当事人才能真正体会得到，因为这些感情是属于她们的。天下的故事有很大的共通性，读着这个故事，我想起了自己那已长达了八年的友情，虽然时间不及十几年的长，但我所拥有的喜怒哀乐却不比十几年的少。

从三年级认识她们开始，似乎就已命中注定我们像连体婴一样，干什么都在一起。下课了，粘在一起说话，一起玩耍，一起上厕所，尽管自己不需要。无论去哪里，我们从不会让任何一个人落单。每天都嘻嘻哈哈的过日子，仿佛不知愁滋味。长大后大家都知道友谊的可贵，都非常珍惜我们之间的友谊。我们希望对方快乐，尽自己所能给对方带来惊喜。在对方生日的时候，我会绞尽脑汁亲手做一份生日礼物送给对方。尽管要牺牲睡眠时间，尽管她知道真相后会生气。就这样一直持续到了小学毕业。因为上初中的学校不同，我们被迫分开了。虽然我所在的学校离她们的学校比较远，但一点儿都阻挡不了我们思念对方的心，通信也成了我们的乐趣。在信中我们可以毫不隐瞒地述说自己的乐事、愁事，享受着大家的快乐，分担着大家的忧愁……

十三年了，我们一起笑过，哭过，快乐过，伤心过，那种浓浓的情义外人无法真正体会得到的，因为那是只属于我们两个人的友谊。

《有一种友谊叫永恒》，就算再用多少华丽的词语，也难以表达。我们都在寻找属于自己的感情，尽管它不动人，但它却真真正正是属于你自己的。

(高玮怿)

对于朋友,我觉得只要真诚地付出,只要善意地拥有,那生活应该是快乐而满足的。

友情的翅膀

◆文/龙湖小艾

35

　　那天收到龙湖网友雨竹发来的短信:很久都没有见你上网了,都在忙些什么?一切可好?

　　那一刻,我觉得自己很幸福,很感动。

　　我一直认为世界上有两种情感是最可贵的,一种是爱情,一种是友情。

　　一直以来,朋友在我的生活中占据着十分重要的位置。就像我离不开舒缓迷幻、美妙绝伦的音乐,就像我离不开柔曼感性、色彩斑斓的文字。

　　对于朋友,我觉得只要真诚地付出,只要善意地拥有,那生活应该是快乐而满足的。

　　高中住读同寝室有一个叫孟非的同学,与我很要好。

　　孟非是个十分善良的人。他特有的温文尔雅,叫我们所有的男生都相形见绌。他单纯的微笑,极具诱惑,平淡的眼神时时透出一种作为男性的优雅。

　　回想16岁的那段时光,真的是阳光灿烂的日子。一切都可以随意的想象,一切都可以随意的发生。不需要作任何解释,哪怕是轻烟一般一闪即逝的情景,也如繁华都市的霓虹一样的美丽耀眼。

　　当时我曾傻傻地想过,如果孟非是个女孩就好了,这样成年以后我就可以娶孟非为妻,潇洒地生活一辈子。

　　现在回想起来,年少时的想法既幼稚又不可理喻,既简单又复杂难懂。

　　从小以来,我就是个豪放率性的人,孟非的沉静与温柔,正好弥补着我性格中的不足。

　　孟非喜欢写诗,那些跳动的灵感,往往有一种惊心动魄的魔力。

　　在孟非的影响下,我也开始试着写一些精致的文字。

　　记得那时最喜欢看卢梭的书籍,他的散文集《漫步遐想录》,还是孟非送我的生日礼物呢。书中卢梭过于成熟、过于忧郁的思想,让年少的我有时处于恍惚的惆倦中。但卢梭文字中最纯真的状态,也给我心灵深处带来了纯粹的愉悦。

当时我甚至能大段大段地背诵卢梭优美的文字。

"沉思者的心灵越是敏感,他就越加投身于这一和谐在他心头激起的心旷神怡的境界中。甘美深沉的遐想吸引了他的感官,他陶醉于广漠的天地间,感到自己已同天地融为一体。"

这样的语句,自然清新,像微风拂过我的脸庞,像远方飘来的花香中散发着的美妙温暖。

放学后,我与孟非常常在校园操场的石阶上静静地坐着,彼此什么也不说,但心跳的声音,舒展着我们对未来美好的想象。

就像安妮宝贝在她的《年少事》中描写她年少时与女同学的一段感情一样,她这样说道:这种感情现在看来,其实已经如同一场初恋。我也想借用其中文字的意思这样说:因为这段往事,使我对异性抑或同性之间的友情,一直保持着某种信仰。

梦终究是要醒的,纵然它的脉络再清晰无比。

高中毕业了,我和孟非去了不同的城市读书,没有实现我们在一起许下的誓言。风吹过我们温热的呼吸,花开的季节绽放出我们年轻的仓皇。

在大学里,我新交了女朋友,日子又重新变得充满生机。青春的飞扬总是会忘记许多过去,年轻的感动虽然赤裸简单,但像易碎的玻璃。四季里开不出不败的花朵,雨天伞下没有不寂寞的人。

同时,断断续续传来的消息,我知道孟非也交了女朋友。对于这样的结果,不知是喜是愁。

就这样,青春在我们各自向左向右的行走中,长出翅膀,往透明的天空飞散开去。

在收到龙湖网友雨竹发来的短信后,又收到雾石、枫林、阿山、ter、尾巴、若零等网友的节日问候。这时,我才想起此时已经是五一节长假的某一天了。

在龙湖这样一个绿意满园、清风飞舞的早晨,在龙湖这样一个温暖如初、友情渐浓的氛围中,我多想听到所有曾经爱过的朋友们说一声,你对曾经的倾诉与告别,你对曾经的付出与拥有,是多么的留恋。

感恩提示

gan en ti shi

这个世界,总有很多事情让你感动,让你流泪。例如,极致的友情。

读罢掩卷,作者与孟非之间如诗如画、如梦如影的友情萦绕心头,久久不能自己。从不知道友情也能如初恋般美妙神奇、复杂难懂。往事如烟,可这份极致的友情却永远不会散去。

情之一字,总是令人感动。友情亦然。无论异性或同性间的友情,如果成为一种信仰,总会挑动心底最深的那条弦。"我和孟非常常静静地坐着,彼此什么也不说,但心跳的声音,舒展着我们对未来美好的想象。"的确,友情,不需要太多的言语,心就会被填得满满的。

友情,又最令人难懂,看似束缚,却能让你走得更远;看似脆弱,却让你坚强;看似癫狂,却让你真实。"如果孟非是个女孩就好了,这样成年以后我就可以娶孟非为妻了。""我新交了女朋友……孟非也新交了女朋友。对于这样的结果,我不知是喜是愁。"友情啊,就是这样简单而又复杂难懂。一份赤诚的友情,达到了极致,就会让人难以捉摸,可这也正是友情让人无法抗拒的魅力。

感谢上帝,让我们拥有赤诚的友情,极致的友情。

(颜华玲)

37

我知道你说的是气话,我也能感受到此刻你的绝望,可你知道我有多生气吗,我气你不知道爱惜自己,不知道还有好多人在为你担心。

长 长 不 哭

◆文/nothinglife

长长:

有些日子不见了,你还好吗?昨天你发给我的短信收到了,我不知道你又遇上了什么样的坎儿,什么事情会让你如此的绝望,为什么每次你都不把事情原原本本地告诉我呢,为什么要让我们如此担心你?

还记得上大学那会儿吗?开学第一天,当我看到坐在下铺的你,心里没来由地生出一种亲切感,像个认识了多年的朋友,自然而又熟悉。你的生日最大,我更愿意把你看做姐姐,你的话好像总是有道理的,大家都喜欢和你聊天,甚至三更半夜了还意犹未尽……

我喜欢把心里话告诉你,你总是知道什么话最能安慰我,跟你聊天我觉得很温暖。知道吗,我一直很嫉妒你那副干吃不胖的魔鬼身材,每次看到你快熄灯了还直嚷嚷着饿,大吃特吃却不担心会长胖的"嚣张"的样子,我都"痛不欲生",记得冬天我总爱问你到底穿没穿毛裤,结果是你不仅穿了,甚至还穿上了那条我最喜欢的台风都打不透的棉裤。看着你依然瘦长的双腿,我真想把它们放马路崖子上,然后"咔吧"一下……

从小我就不是个爱运动的孩子,蹦蹦跳跳的游戏我做不来,上大学打个篮球还老弄的别人"伤亡惨重"。但我喜欢和你一起跳操,跳我们一个动作一个动作自己编出来的 217 品牌的健身操,我从没有把一件事情坚持的这么久,那是因为,有你,虽然不知道自己的动作是不是也做的像你一样漂亮,但看到你,我就会更努力,希望有一天自己也能像你一样美丽,长长,我真的很羡慕你。今天,那些曾被我们反复播放,几乎绞掉的磁带早已不知去向,我也已经没有了当初的那份执著和激情,没有你的陪伴,我甚至无法完整地跳完那支我们的健身操……

是啊,日子真的过得很快,上大一的时候一切都是那么新鲜;大二了,无聊的日子挥也挥不去;到了大三,觉得过去的两年里,自己简直傻透了,再给我一次机会一定不会这么过;现在工作了,好想回到过去的日子……

相处久了,我感受到了你乐观外表下的忧愁与消极,那是一种我们无法想象的痛苦,一种你从不与我们一同分担的痛苦。你喜欢把话深深地藏在心里,黑夜,也许是你舔舐伤口最好的避风港,不然,为什么你的黑眼圈怎么也褪不去?为什么你要这样折磨自己,难道没有别的办法让你发泄吗?我不明白。也许你认为我们不会了解你心中的结,我承认自己可能真的不能为你打开它们,但我宁可你只承受一半,另一半,让我们,你的朋友来分担。我眼中的你变得忧郁,心事重重,甚至是强颜欢笑,不知道为什么,即使在你放声大笑的时候,我也感觉到你并不快乐,长长,你活的太累了。

还记得我们为工作而东奔西走吗?那段日子我永远都不会忘记,那时候你总哭,可我老也没赶上,等我从招聘会回来,你都哭完了。是的,你是个爱哭的人,也许这是你减压的方式,可哭过之后你真的轻松了吗?生活还得过下去,我们谁也不能放松,不到最后一刻,谁都不知道自己的未来在哪里。挂面,你现在还在吃你的挂面吗?我讨厌挂面,更讨厌看到你吃挂面。记得有一次,我因为找工作和种种原因,坐在寝室里生闷气,你边安慰我边煮着你的挂面,我突然对你说:别吃挂面了。你愣了一下,笑着说:我爱吃挂面。我说:别吃了,我心里难受。你说:别难受,别难受,我真的爱吃。忍了很久,我终于还是没能忍住自己的眼泪,你慌了神,直说再也不吃了,可我怎么也止不住自己的泪水,我突然很讨厌看到你用自备的调料去煮那本来廉价的挂面,不知为什么,这情景让我觉得很凄凉。我记得自己没呆多久就出去了,还记得临走时我对你说的话吗:长长,别吃挂面了,我看着心里难受,你们并不知道那天我去了哪,对不起我骗了你,我没有去找同学,我一个人坐车跑到一个离你们很远的地方,其实我自己也不知道要去哪里,只想找个清静的不被打扰的地方,好好让自己平静下来,我忘了收到了你们多少条的信息,但每一条都让我觉得温暖无比。我从不后悔自己的任性,也衷心感谢你们对我的迁就。谢谢你,长长,你送我的直板夹,我很喜欢。

说了你可别生气,我一直觉得你的人生很坎坷,总有倒霉的时候,或许,这也与你的性格有关吧,我知道这次试用三天后被辞退的经历对你的打击很大,你已经很努力了,可我觉得这也没什么不好,因为那儿本就不属于你,在我心里,你应该是穿着制服的OL,但我们都要面对现实,在这陌生的城市里,举目无亲,毫无背景,又没有很高学历的你,想找到一份好的工作真的很难为你。几次我劝你回去,家乡虽然小些,但那毕竟有你的亲人,在哪挣钱不是挣呢?你却从不提回去,我知道你不甘心,也不愿意,你想留下来,成为这城市的一分子,因为这里,有你爱的人。他,你真的爱他吗?好几次我都快把你问烦了,你又总是很肯定的回答我,是。为什么你最后选择了他,他会带给你想要的幸福吗?也许你真的很幸福,也许你也有过无忧无虑的日子,但是现在呢?我不知道你们过得怎么样,但从你的只字片语中,我觉得你并不快乐,越来越多的问题需要你们去面对,这份感情也越来越实际。我看不到他帮了你什么,让你找到称心的工作,我只看到你叹着气对我说:如果找不到工作,他的家人不会接受你。我想我没资格也没理由去怨恨他,毕竟,你爱着他。可我更不愿意看到今天的你,承受这么多的压力。这段日子,我又在网上看到你好多的文章,无一不透露出你的苦闷与疲惫,也许一连串的不顺利让你有了更多的写作灵感,可我不愿意你沉浸在这个虚无的世界里,写作,在我看来,不是最好的情绪发泄的方法,心里烦为什么不和我们大家说呢?那个人不会比我们更了解你。

你发短信问我是不是你长得很丑,你说快要发疯了,让我们从此以后不要联系你,不要再管你。我知道你说的是气话,我也能感受到此刻你的绝望,可你知道我有多生气吗,我气你不知道爱惜自己,不知道还有好多人在为你担心;气你每次只告诉我们你的难过,却不说这一切是因为什么,我甚至不知道该怎样去安慰你……

长长,生活是真实的,没有那么多的风花雪月和天长地久,不要再多愁善感,把自己封闭在那个"悲惨世界"里走不出来,你会发现我们都在你的身边,期待着你和我们一样乐观地面对生活,坚强的失败比萎靡地活着更有尊严不是吗?就像我对你说过的:你可以坚强,只是你不愿意坚强。

　　此刻的你在做什么?外面又下雨了,我知道这样的天气里很容易让你想起以前的事情,想起种种的不如意。或许你也和我一样,正写着一篇新的文章,风雨总会过去,天空本就是晴朗的,我们都年轻,人生的风雨又经历过多少,以后又会有多少。咬咬牙,挺过去便是,不要放弃自己,放弃生活,一帆风顺又怎么能称得上是完整的人生呢?我们生来不是天才,又没有万贯的家产,我们只是平凡的人,注定会过平凡又琐碎的人生,既然这样,为什么不让自己快乐一些?长长,其实你很富有,你拥有很多东西,只是你自己看不清楚,静下心,好好想想自己的将来,不为任何人,只为自己。想好了,给我来电话,别让我惦记。

猫猫

感恩提示
gan en ti shi

　　初看题目,还以为是妈妈哄自己"宝贝"的话语,便随意地浏览起来。可是,读到故事的最后,我已爱不释手,它俘房了我的心,而故事里的每一句话也一遍又一遍地浮现在眼前。

　　文章是一封信,写给一个叫做"长长"的女孩,此刻的"长长"可能很绝望,但是"猫猫"不愿她伤心下去,希望她能坚强起来,字里行间真情流露,感人至深。突然间发觉,原来我就是生活里的"长长",很多时候我可以坚强,只是我不愿意罢了。总认为自己有的只是渺小,其实,静下心来仔细想想,虽然我不能拥有深邃的蓝天,但我可以成为蓝天上的一朵飘逸的白云,无忧无虑;我不能拥有高大的山峰,但我可以成为山峰下的一块坚定的基石,沉稳执著;我不能拥有茂密的森林,但我可以成为森林里一棵苍翠的大树,昂然挺立。既然这样,我们何不平凡而平淡地活下去呢?

　　"猫猫"非常生气,一是"长长"的任性,她时常将沙漏倒转。当美好的东西一点点遗失后,"长长"才明白,其次"长长"并不爱惜自己,尽管有很多人在担心着她。另一方面"猫猫"也希望"长长"像她的名字一样,长大成熟,学会珍惜身边的所有,正视平凡的所有。

　　过去我也是"长长",慢慢地,我领悟了"猫猫"的话。现在,尽管有些事已不同,但是生活要继续,我们得走下去,并且是坚强地走下去。

(叶 冰)

朋友如醇酒,味浓而易醉;朋友如花香,芬芳而淡雅;朋友是秋天的雨,细腻又满怀诗意;朋友是腊月的梅,纯洁又傲然挺立。

朋友,是一种别样的温柔

◆文/佚 名

41

总觉得,有朋友,有了朋友的爱,有了对朋友的爱,该是件十分温柔的事情。有的时候,在灯下念书,会走神,想起一个又一个的朋友,想起许许多多共同经历的事,想起曾经讲过的话,那种温柔会立刻包围你。在这样一个深夜里,让你迷醉,让你欣慰,让你为之感到快乐。

也许,朋友本不该有那么重要的,可是,朋友又的确那么重要。因为:在我们的生命里,或许,我们可以没有感动,没有胜利,没有其他的东西,但,不能没有的是朋友。朋友是什么呢?

是可以一起打着伞在雨中漫步;是可以一起骑了车在路上飞驰;是可以一起沉溺于球馆、酒吧;是可以徘徊于商店、街头;朋友是有悲伤一起哭,有欢乐一起笑,有比赛一起打,有好歌一起听……

朋友是常常想起,是把关怀放在心里,把关注盛在眼底;朋友是相伴走过一段又一段的人生,携手共度一个又一个黄昏;是可以同甘共苦也可以风雨同舟,朋友是想起时平添喜悦,忆及时更多温柔。

朋友如醇酒,味浓而易醉;朋友如花香,芬芳而淡雅;朋友是秋天的雨,细腻又满怀诗意;朋友是十二月的梅,纯洁又傲然挺立。

朋友不是画,可它比画更绚丽;朋友不是歌,可它比歌更动听;朋友应该是诗——有诗的飘逸;朋友应该是梦——有梦的美丽;朋友更应该是那意味深长的散文,写过昨天又期待未来。

朋友,是一种别样的温柔。

朋友的美不在来日方长;朋友最真是瞬间的永恒、相知的刹那。

朋友的可贵不是因为曾一同走过的岁月,朋友最难得是分别以后依然会时时想起,依然能记得:你,是我的朋友。

朋友,是一种温柔,一种别样的温柔。

有朋友的日子里总是阳光灿烂,花朵鲜艳,有朋友的岁月里,心情的天空就不再飘雨,心就不再润湿,有朋友的时候才发现自己已经拥有了一切。我们可以失去很多,但不能失去的是朋友。

朋友不是一段永恒,朋友也只是生命中的一个过客,但是,会因为随着缘起缘灭而使我们的生命变得美丽起来。

即使没有了将来,可是只要我们拥有了朋友,那又有何惧呢?至少,我们拥有了朋友以及与朋友一起走过的岁月。

有的时候,残缺是一种美,距离也是一种美。

朋友之间并不是说没有秘密,其实,朋友之间要的只是坦诚相待,朋友之间也不必把什么都算得很清楚,否则,又怎么能算是朋友呢?

朋友的相处,不必暮暮朝朝,如澧如饴,朋友之真,是在相视一笑时的心意相通,我们也并不必期望朋友能彻底地了解你,理解你,只要我们都能记住"这是我的朋友"就好。

朋友的定义很狭窄也很广泛,只看你如何看待。

朋友之真,就是一份自私的情感,就是可以为之心痛,为之心碎,朋友之间的情感有如亲情又有如爱情。

朋友是世界上最美丽的名词之一。

并不是每个人都希望能功成名就,但是每个人都希望能有朋友。

朋友,是一种别样的温柔。

 **感恩提示**

gan en ti shi

世界上有三种情,第一是亲情,第二是爱情,第三就是友情。因为有了它们,我们的人生才完整。相比亲情,友情要付出更多的努力。相比爱情,友情就简单多啦,大家可以拒绝爱情,可是友情多少人能拒绝呢?友情可以遍布全球,四海之内皆朋友啊。

朋友,对每个人来说是不可抗拒的一个词。文中不是说了吗——"并不是每个人都希望能功成名就,但是每个人都希望能有朋友。"朋友也分很多种,例如莫逆之交、君子之交、点头之交、总角之交、患难之交、管鲍之交、生死之交……每个人都希望交到一个真心的朋友,而不是损友;而自己也不希望成为朋友的过客,于是就有很多人为了友情的延续不断而努力着。

　　提到友情,常会触动每个人心灵的柔软处。人是群体动物,如果被孤立,心就会哭泣颤抖。友情的出现,温暖了人冰冷的心。朋友,不需要时刻被忆起,只要偶尔想起对方的好,微微一笑,相知的味道便萦绕心头。"朋友之间的情感有如亲情又有如爱情"。

　　"朋友,是一种别样的温柔。"因为一生有你,朋友,我不悔。

(马如杏)

　　朋友不是画,可它比画更绚丽;朋友不是歌,可它比歌更动听;朋友应该是诗——有诗的飘逸;朋友应该是梦——有梦的美丽;朋友更应该是那意味深长的散文,写过昨天又期待未来。

第二辑
一湾友情海蓝蓝

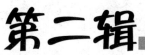

天的颜色
就是海的颜色
泪的咸涩
就是海的咸涩
既然你已经踏在海浪上了
你的眸子里就不该再有阴霾
不该在掩着雨丝的心海里
再冥想铺天盖地的澎湃
不该再乞求海鸥的翅膀
在一个个明朗的梦里徘徊

四个人一起动手把罐子挖了出来，打开，又把一张张纸条打开。四个人都震惊了，因为每张纸条上写着的竟是同一句话"愿我们的友谊天长地久"。

友谊的故事

◆文/佚 名

小东、小南、小西、小北四个女孩是好朋友。从初中到高中，从高中到大学，四个好朋友形影不离，不管缺了谁就像一只漂亮的碗缺了个口子一样地不完美。十几年的时间不但为她们储蓄了丰富的知识，也为她们储蓄了深厚的感情。彼此关怀，彼此信任，彼此倾诉。生活就像一张美丽的大网，而四个女孩就在美丽的大网里编织着精彩的人生。

可转眼毕业在即，眼看就要各奔东西，女孩们恋恋不舍，可天下无不散之宴席，十几年同窗终须一别。到了临别的最后一天晚上，四个女孩决定每人写上一句祝愿的话，放在一个罐子里，埋在她们经常去学习、玩耍的那棵大树底下，等到以后四个人聚在一起的时候，再把它挖出来看看那些祝愿是否变成真实了。罐子埋好以后，怕被别人发现，女孩们又在上面铺了一层树叶，而后四个人抱头痛哭了一场。

光阴似箭，一晃八年过去了。女孩们都已为人妻，为人母，同时也在各自的公司中担任重要的角色。在这八年中，她们从没见过面。也许是生活的压力太大，工作的竞争太激烈，时间对她们来说变得尤其宝贵。在这紧张的空气中，友谊渐渐地被忽略，大树底下的祝愿也越来越模糊。

一次意外的机会却又让四个女孩碰到了一起。一位海外华侨要回国投资大笔的资金以回报祖国，准备在自己的母校召开一个竞选会，届时将会在其中挑选一个公司作为投资对象。

小东、小南、小西、小北同时接到了这个消息，她们都对自己充满了信心，况且华侨的母校正是她们的母校。四个人带着全盘的把握与难以抑制的兴奋踏上了去母校的路。

四个人没想到再次的重逢竟是这样尴尬的局面，一下子竟无所适从。但眼看着离竞选会的日子越来越近，她们也顾不得重拾母校的风采与昔日的友谊，各自忙着准备材料、文件以及各种各样地对自己公司有利的业绩。她们的认真、仔细、真诚也着实给华侨留下了美好的印象。可是投资的对象只有一个呀,四个人都陷入了极度的烦恼之中。

在竞选前一天的晚上,她们又聚到了一起。四人沉默不语。本来都想来让其他三人把机会留给自己,可到了一起却怎么也说不出口了。最后还是小南提议说:还记得当年那棵大树下的祝愿吗?不如我们先打开看看吧。大伙都同意。于是趁着皎洁的月色,她们又来到了那棵大树下,大树还是依旧。四个人一起动手把罐子挖了出来,打开,又把一张张纸条打开。四个人都震惊了,因为每张纸条上写着的竟是同一句话"愿我们的友谊天长地久"。

那一夜,四个女孩又抱在一起痛哭了一场。

半年以后,小东、小南、小西、小北四个好朋友各自辞了职,成立了一家东南西北联合公司,正是那位海外华侨投资的。

感恩提示
gan en ti shi

"四个人一起动手把罐子挖了出来,打开,又把一张张纸条打开。四个人都震惊了,因为每张纸条上写着的竟是同一句话'愿我们的友谊天长地久'。"这是《友谊的故事》里最打动我的一段话。是的,在这个世界上,友谊非常宝贵。可是友谊要天长地久,是需要经过相当的考验的。

在《友谊的故事》里,四个有着深厚的情谊的姐妹,在毕业的时候埋下自己的祝愿。事情出乎意料之外,四个姐妹后来却在一个竞选会上,相互作为竞争对手出现了。这是人生尴尬的一个场面。但在最后他们都选择了放弃与对方的竞争,因为大家都是好朋友。这四个姐妹谁也不愿意伤害谁。

故事写到这里如果就结束了,还不足以感动我。最让我感动的是,她们后来翻开过去的祝愿,竟然大家都是同一条心。"友谊天长地久",既然如此,这个世界就没有什么难事。

果然,在她们的努力之下,四个姐妹一起获得成功。这是一个完满的结局。故事给我们呈现了友谊天长地久的美好。

让我们努力吧,或许永远达不到天长地久,但在追求的过程中学会了珍惜友谊。

(欧积德)

知·音·难·忘·的·85·个·友·情·故·事

想知道,那些个纯真的小脸蛋,让岁月雕塑成什么模样?又让风雨剥蚀几分纯真?更想知道……生活可好?

悠远的情感

◆文/佚 名

一种比爱情更悠远的情感。

很多时候,我们会经历一些感动。经过时间之河的漂洗,一些遂淡然,一些已消泯,一些却越发锃亮,比如爱情。

人的一生,爱情,往往不止发生一次。有的,我们初始以为能天长地久,一直幸福到终老,它却在你梦中的笑靥还没舒平的时候,便戛然先行老去。而你还活着,在一阵锥心的疼痛之后,或已不再相信爱情,或又开始新的期盼。有的,虽然没有行进到婚姻,却凝成了心中的一座雕像,伫立在你的生命里。甜美着你,忧伤着你,美丽着你,憔悴着你……

到此,那原本蘸着爱情的笔锋,不可抵御地滑向童年。于爱情之外,顾盼另一种情感。有些不伦不类,却实在不知为何,就由笔随心走,美其名为"随想"。

我的随想是偶然喷发,还是积压已久?

回忆童年。回忆童年的伙伴。心中有着经历一场纯真的爱情的感觉。这种"爱情",没有轰轰烈烈,没有撕心裂肺,不会有大喜也不会有大悲。它,就那么淡隐在你心中的某个角落,某个最纯真的角落。不常想起,却无法忘记。其实,人生,更多的是经历平平常常的人和事。而说不准什么时候,你会突然发现,那时不经意的,那么多年以后,仍萦系于心,无法释怀。比如,童年,童年的伙伴。

儿时。夏日的太阳,特别的毒。也许是现在习惯于冷房里避暑,使得那一"毒",在回忆中被夸张似的凸现出来。中饭后,小伙伴们光着脚丫,沿那条从村头汩汩到村尾的小溪,追逐蜻蜓。扯一把水草,缠一团。蹑手蹑脚地,迅速罩向一对对疲于奔命后,心存侥幸,以为能躲过一劫,隐于草丛间,仍然不离不弃,紧紧相拥的蜻蜓夫妻……然后,或兴高采烈,或骂骂咧咧……那种得意那种惋惜,都轻易地发生在每一个日子里。

每当蛙鸣四起,扯一段细纱线,一头扎一小团棉花,一头系于野外随手折下的硬杆杆,在塘旁溪边,在田间野地,垂钓青蛙。心中不停地笑,青蛙真傻,竟把棉花当美餐,更竟然用大嘴巴含住不放……是不是蛙们也像我们的童年,一粒糖一片饼干,都成了馋入梦里的稀罕?呵呵。无法想象蛙们被装入严实的袋子之后,会不会后悔不堪,还是依旧浑浑然。

还有,众志成城,几人在上游用泥团堵住水源;几人在下游,死劲将水舀干。逼那些泥鳅、河蟹、田鳝,运气好的话,还有河鳗,弃穴而出,尽悉网之。然后,一身一脸的污泥,回家,甜甜的挨顿骂。又然后,彼此取笑。

日头稍软,便一条草绳,一把镰刀,相唤而聚,沿那条婉转崎岖的山路上山。割一捆青的黄的草,扛在小小的肩上,踏着夕阳,回家。意为家中省几分买煤的钱。歇息间,面对空旷寂静的山野,使劲喊几声,听远山的回音。或躺在荒草上,仰望高远的蓝天,静静地,却没做什么遐想,只是遗憾怎么不是大小伙,可以背一大捆湿湿干干的柴火回家。现在回想起来,莫名地涌起一种苍凉感。

学会种菜,种红薯,播种插秧,学会收获。今日,还有些个伙伴,仍以此技度日,度月,度年。

呵呵,记得有一次,荒野里玩捉特务,没捉住传说中"时髦"的身藏电台的乞丐,却意外发现一株桃树苗。

家乡土地,不善养果树。村里有寥寥几株桃树。结一些酸酸涩涩、小小硬硬的桃子。这是现在的感觉。而那时,却比今天的巧克力更悦嘴,而且悦心。于是,偷偷去摘桃,便是那时极富诱惑的事。伺机而动,刺激惊险。虽能极力避开主人,而那条凶猛的狗,不知何时,会从哪个角落忽然而出,而至。狂吠不止……

于是,大伙儿小心翼翼,起上苗儿,移植隐秘角落。捡些瓦片圈围,做保护状,即可避免小猫小狗的侵扰,亦可遮阴避阳。每日结伴浇水,轮流护看,一日多回,回回盼长。

而今,桃树已壮,已老。年年一树唧唧歪歪的桃子,自生自灭,无人问津……儿时的伙伴。已如曲终席散,各自一方……

那年,回村,还特地在那桃树下流连,有些忧伤,末了有些粲然,呵呵……

突发奇想,哪天,伙伴们桃树下一聚,来个蟠桃宴……

只是想知道,那些个鲜活的小小身影,一辈子淡漠模糊不了的小小身影,如今长成何等强壮?

想知道,那些个纯真的小脸蛋,让岁月雕塑成什么模样?又让风雨剥蚀几分纯真?更想知道……生活可好?

只是至今还是个未了的心愿。

只有在心里一次次祝福、一次次问候:小伙伴们,你们可好?

感恩提示
gan en ti shi

　　我觉得这篇文章亲情真切,感情真挚。儿时的玩伴都长大了,都天各一方,但距离的长远与时间的消磨并不使作者忘记曾经的回忆,那一幅幅画面都浮现在眼前:在田间地头追逐蜻蜓,垂钓青蛙,在塘旁溪边抓泥鳅河蟹,在山路上割草捆柴……

　　这些无不表现出作者童年时与大伙儿一块尽情玩耍的自由自在的乐趣。种菜,种红薯,并从中获得收获和喜悦;偷摘桃子而被狗追的刺激惊险;种上苗儿时怎样地去轮流细心呵护……童年的回忆有过笑,有过哭,有过痛,也许很傻,但不失纯真。

　　也许生活的变迁,我们要好的玩伴不得不分开,或许我们一辈子都没有机会再遇上,但儿时那些鲜活的小小身影早已留在了我们的心底,一辈子也模糊不了,只有在心里一次次祝福,一次次问候:小伙伴们,你们现在过得好吗?不要忘记远方的牵挂!

　　记得以前小时候,自己顽皮无比,经常光着上半身,光着小脚丫,然后和小伙伴下河洗澡,捉小鱼;也曾经冒着烈日在蔗林里逮鸟巢,每次寻到一个,都会无比的欢喜,哪怕手、脸都被割了一道道痕;也曾经在果园的主人睡觉或只有一个老妇人时,和小伙伴们明目张胆地去偷吃,狼吞虎咽,然后又多摘几个放在裤袋里,紧跟着快溜,那种心跳突突地紧张……太多太多的回忆,太多太多的感触,有时不禁为以前的傻行为哑然失笑。不知现在,远方曾经的小伙伴们,有没有想起童年的点点滴滴,想起童年的我。

(王武星)

我想渤海湾里蓝得很深的海水,若掬一捧,装在洁净的容器里,颜色是不是就会变成这种淡淡的了呢?这种淡淡的蓝色是适于记录绵远长久的友情的。

一湾友情海蓝蓝

◆文/潇湘晓放

　　白色的"起亚—千里马"载着我们一家三口及全部辎重朝着凌海方向飞奔时,鱼肚白色的天空上泛出了一片蓝。那蓝,从远远的东北的天边浸来,没有汹涌的浪花,没有翻卷的波纹,但它却是活的,是动的,是有感觉的,它渐渐地将天空覆盖。

　　阿明兄开着车显得有些霸道,说:"将东西放回家,早餐后,到笔架山看海去!"他说得平静、干脆、不容置疑,根本就不会让人产生商量的念头。

　　清晨的海边,太阳还没有升起,视野却有些拥挤了——锦州港的大坝将海水拦腰切断,往日的沙滩变成了水泥的地坪,上面耸立着雕琢精巧气势宏大的各种艺术造型,附近的山坡上色彩缤纷的洋楼有些刺目。连天的碧海现在变成了一只蓝绿的小盘子了,笔架山如一枚青螺立于盘中,显得有些高大,有些突兀。现在不是退潮的时候,笔架山最著名的景观——天桥埋藏在海水里,不得相见。

　　我和先生还是二十几年前新婚燕尔时到过笔架山的。那时的笔架山没有人工的痕迹,沙滩宽阔,海浪无边,通往笔架山的天桥很神秘,携手走在沙砾、卵石、贝壳筑就的天桥上感觉很亲切,很自然。

　　阿明哥安排我们再度来笔架山看海,浸润着他的良苦用心。可在时光浪潮的冲刷下,山河(海)都已经不依旧了,人心又怎能永远那样单纯,那样年轻呢?

　　细心的阿明哥似乎看出了我的失落。他和陪同来的董部长、刘主任叽里咕噜了一阵后,便向我们招手,将我们引上白色的快艇。快艇是包的,要多给一些钱,为的是能绕过锦州港的视觉阻碍,让我们看到无边的海。

　　说实话,我很感动,心潮翻涌着,嘴上却没有一句话。阿明哥、董部长、先生和先生家的哥哥等男士同乘一只快艇在前方的波浪中引路,刘主任陪我、我女儿和先生家的弟媳等在后面紧紧跟随。

　　天空静静的,海面静静的,人也静静的。快艇的速度很快,船底碰在浪涌上,感觉很坚硬。快艇绕过了喧嚣的港口，从笔架山的右侧向后包绕，视野突然就开阔了。天空的蓝和海水的蓝连绵成一片，相互交融，四面八方真就都望不到边了，静静的蓝色随着海风向身后流去，可迎面流来的风，流来的水，流来的天空还是蓝的。

这时候看笔架山再不是我们看熟悉的笔架山了，我们绕到了它的身后，看着它的背影，读到的是它从不示人的内心故事。山的后面没有它的正面那么平整，也没有正面那么热闹。静默的山体竖写着两道沟壑，如沉思的头额上紧锁的"川"字。这时的笔架山没有任何的心理的防御戒备，没有任何的礼仪的装腔作势，沉重的心事袒露着，给蓝蓝的天空看；真挚的情感倾诉着，给蓝蓝的海水听。静默而静谧的蓝色气氛始终在四周缭绕，心头有几分朦胧，几丝晦涩，几分软弱。

我是个感性的女子，思维随着观山的角度不同而变化，情感随着读山的层次不同而起伏。我意识到自己的失态，赶紧将目光从山的脊背上收回，看我一直很想看的一望无际的大海。

我不善形容，只能说大海真的很大呀！它大得让快艇像顺水而漂的树叶，让树叶上的我们如蝼蚁。我突然感觉到人生的短暂和人类的渺小。如果——如果此时我们沉到那碧蓝的水里，水上的世界又会少了什么呢？

无缘无故地想起了一个无名诗人，想起了他的一首无名的诗："天的颜色／就是海的颜色／泪的咸涩／就是海的咸涩／既然你已经踏在海浪上了／你的眸子里就不该再有阴霾／不该在掩着雨丝的心海里／再冥想铺天盖地的澎湃／不该再乞求海鸥的翅膀／在一个个明朗的梦里徘徊"。

我知道，每个人的心理也都如山，有正面，也都有负面，负面的心角里隐藏着许多的"不该"，这些"不该"在现实生活中不能存活。

我猛地将一双手插进看似平静的蓝蓝的海水里，任快艇的速度带着我，在碧海里划出一道道翻腾的白浪，任白浪扑打我的头，我的脸，我单薄的丝绸衣裳。全身都打湿了，我抽出手，对着浩瀚的大海张开喉咙一阵叫喊——"啊——啊——啊啊啊——!"海风扬着海浪的细沫，溅射进我的喉咙，嗓子立刻咸涩冰凉。于是，再喊再叫，撕下平日经典的面容，让自己一本正经的喉咙无拘无束地狂喊一回，让自己憋闷沉积的肺腑痛痛快快地呼吸一回，让海面那清新、透明、凉爽的蓝色灌满我的心，冷却过滤我的心境。

游艇停靠了，我们登上笔架山。阿明哥俯视着遥远的海面，问我："你知道海的那边是什么山吗？"我望着他傻了，摇摇头茫然不能答。正在这时，手机响，那里面传来了海蓝蓝那被海风过滤得清新纯净的声音："芦苇荡——已经登上丹崖山了，我在下面等他——"

阿明哥笑了，笑得很舒坦："笔架山——丹崖山，隔着蓝蓝的海水，彼此遥望。"

他的笑、他的话有点儿像诗。我突然问他:"你知道今天是什么日子么?"他愣了一下,望着我也傻了,摇摇头问我:"今天是什么日子啊?"于是,我也笑了,我的笑也很舒坦:"今天是'七夕'的第二天!如果说'七夕'是追求甜蜜爱情的情人相聚的日子,'七夕'的第二天则该是追求纯洁友情的朋友们相聚的日子哦!"我的感觉,我的这几句话也有点儿像诗。

眼睛不知怎么的又有些酸。赶紧用一方纯白的纸巾遮掩,纸巾濡湿了一大团,濡湿的纸巾不知为何颜色竟也是蓝的,很淡很淡的那种蓝。我想渤海湾里蓝得很深的海水,若掬一捧,装在洁净的容器里,颜色是不是就会变成这种淡淡的了呢?这种淡淡的蓝色是适于记录绵远长久的友情的。

感恩提示
gan en ti shi

读完了这略带诗意的文字,我就想提问一下自己:我的友情是什么颜色?会不会就像文中作者的一样,是海蓝蓝的呢?

阿明哥带上"我"和家人朋友一起到笔架山看海,但是正面的笔架山并没有引起"我"的半点儿兴趣,也许是"我"已和先生在二十年前的新婚燕尔时来过,又或是生活中太多的细碎琐事消磨了情趣……总之,"我"的心平静得不起半点儿涟漪。

但是细心的阿明哥执意带"我"去看笔架山的背面,"我"被笔架山震撼了,看到了一种毫不经过雕饰的自然沟壑,而这种袒露刺激了"我"的眼球,"我"的生活仿佛回到了真实,"我"的思维也开阔了,情感也变得丰富细腻了。

"我"告诉阿明哥:"今天是'七夕'的第二天!如果说'七夕'是追求甜蜜爱情的情人相聚的日子,'七夕'的第二天则该是追求纯洁友情的朋友们相聚的日子哦!"其实昨天未必就是七夕,这只是作者在经历了这么长的一段人生之后,深深地体会到了:爱情在左,那友情就在右的人生领悟。左右的两方都不能缺失,否则,情感的天平将会失去平衡,人生也就失去平衡。

"我"和阿明哥的友情的颜色就像一湾蓝蓝的海水,这种海蓝蓝是远离世俗纷争的干扰,是纯净的颜色,是深沉真挚的情感。而你的呢?你能告诉我,你的友情又是什么颜色吗?

(肖诗雅)

外面细雨纷飞，我遥望飘浮在窗外上空的乌云，一边思索着过去的大学日子里，自己曾经失落了的，思索那些失落了的岁月和情谊，以及烟消云散了的思念。

舍 友 情 谊

◆ 文 / 为爱书情

　　毕业了好久，依着回忆的影子，忽然想念起了大学时的好兄弟，曾经406的舍友们，当然还有其他的好兄弟，只是这里讲述的是前者。

　　在这里，我写他们，并不是说他们便是我最好的兄弟。其实，我和所有人的关系都不错，只是因为曾经生活拥有的朝朝夕夕，写的东西多了。在这个前提下，谈谈舍友们，应该不会引起误会。

　　大家常说，能够生活在同一屋檐下，在血管里流淌的不是同一种血的情况下，真的是难得的缘分。也许对我们男人而言，说缘分总显得有点别扭，我也是。但在毕业的前夕，男人眼中所谓的"别扭缘分"的情感，通常喷发的远比女人要壮观得多。当然，这是后话。

　　记忆中的406戏剧情节很多。

　　这幢宿舍位于校园内一个视野良好的高坡上，占地不大，但从后面的窗户可以看见遍布的山林，环境和空气十分的洁净。进入大门，便是一棵高大的树耸立在那儿，而树龄少说也有好几十年。站在树底下仰头一看，天空都教绿叶给遮得无间无隙。当然，最为我们看重的，还是这幢宿舍毗连女生宿舍区，这多少让我们有时枯燥无聊的男舍生活多了点儿乐趣和色彩。每天清晨，推窗一看，对面满是快乐和青春的百灵鸟，不时发出清脆的笑声，这一天的心情是何等的畅快。在这幢楼宇里，最值得我们骄傲的，是我们406一直是全校星级最高的宿舍。从现在看来，清一色的男生能保持这样的荣誉，这多少有点儿不可思议。

　　该让本文406的主人们出场了。

　　贾六，取一字于该人的姓氏，整名则发灵感于《红楼梦》中一人物：贾六。此人的德性，想必大家在《红楼梦》里都已领教。为此，我们舍其余三人常常得意不已。当然，最得意的还是下面一人物，小水。"贾六"这一杰作便是出自此人。贾六通常自诩"情圣"、"女人杀手"、"爱情专家"。该人在406室，乃至全班有两个标志性名言："曾因酒醉鞭名马，生怕情多累美人。""我爱慕你如长江之水滔滔不绝，更有如黄河泛滥，一发不可收拾"等等。后来的事实证明，此人并非浪得虚名，身边的女人是一个接一个的换，如走马灯般，真是"引无数女人竞伤心"。

贾六很会说话。他并没有聊什么特别的话题，但只要一和他聊天，大部分的女孩们都会很服他，被他的话吸引住。晚上大家卧床长聊时，贾六总是扮演中心人物的角色，并且有一种能随时意识到气氛变化并巧妙应付的能力。他总能设法找出几个有趣的话题来。所以，和他聊天时，在不知不觉中你会以为自己很健谈，自己的人生也十分趣味。聊天这玩意儿，对他来说是轻而易举。而在班中女人面前，此人还有种喜欢冷笑的习惯，女人常会误以为是冷笑、坏笑，总会让人毛骨悚然。但他其实是个很讲义气的人。

小水，搞笑时舍友便会直呼其"臭水"。此人功夫更是了得，记得刚去学校没几天，就给我们讲他在高中时的罗曼史。该人是原先学校的班长。听该人叙述，他以前的日子是非常之爽，在班中女生心中，素有"白马王子"美誉。连他自己都记不清有多少女生为他暗自神伤和垂泪。不过说老实话，此人确实有几分"姿色"。在校期间，经常见他有四海八方的情书飘然而至。当然，班中"小白脸"之称也是其佐证。小水这人很感情化，时而长吁短叹，时而眉飞色舞，做事非常认真，是个完美主义者。

但大二的时候，我们406室曾经一度为哀伤所笼罩。小水的爸爸因为身患癌症去世。之后的小水明显内向很多。我不知道有多少人能够对此泰然处之。虽然有位作家这样说过："死不是生的对立，而是它的一部分。"而在现实的社会，将它替换成事实，无疑就显得残酷多了。对于当时的406而言，我们所感受到的并不是文字，而是一种空气的凝块。人都是有感情的，更何况是自己生活多年的爸爸，养育之恩啊！

大兵，乃一标准山东大汉。过去，我总不知山东大汉到底为几何，真是闻名不如见面：黑脸颊，大眼睛，身高马大，肌肉是净瘦净瘦。有他标榜，真不知在学校，我们406其余三人多做了多少坏事，其中尤我为甚。

大兵这人很重情义。影响最深的便是大二临结束时，因为和别的年级抢宿舍的事，他用他山东人特有的方式，为我教训了那人一下。为此，他受了处分，这让我日后乃至现在心里均万分的内疚。而这，也时时刻刻地提醒我要珍惜这份情谊，当然这不是念恩似的。大兵并不擅言辞，起码很会控制，属于内敛型的，所以更多的时候，都是我们宿舍其他三人谈天说地，当然其性情亢奋时例外。此外，他还有一明显特征，便是嗜烟。不过习惯很有趣，一天三根烟；早、中、晚各一根；地点：厕所。而这是我们帮之养成的，因为此举涉及我们健康，不可小觑啊！

熟悉的都知道,此山东大汉还有其温柔一面。教我怎样亲女孩子便是其惊天杰作。以后的三年,"亲女孩"的典故早已成了宿舍、乃至全班的固定笑料之一。当然,此为后话。

总之,大兵这人是极好的,是个响当当的硬汉子。人很正直,也很善良,当然也很幽默,属于黑色的那种。对于一个好人来说,这便足够了。

当然,我这人也是有很多毛病的,比如自命清高,自以为是,脾气倔强,爱情不能自理以致经常麻烦他们给我传授恋爱经验等等。舍友们经常会当面给我直接指出来和讲解给我。虽然有时会很逆耳和好笑,但我知道,这是因为他们真心为我好才会说的,我把它们当做生命中最宝贵的东西。

现在毕业了,和舍友们也是天各一方,虽然经常在网络 BBS 上留言,但总觉得少了些东西。现在日子的无聊和激情慢慢退去,总让我想着身处 406 时的快乐和率性。现在想想,舍友们是多么的包容啊!贾六,小水,大兵,我。世界这么大,大家能够聚在一起,这是多么难得的缘分。

工作了这么久,总没有机会再去看看,看看曾经的 406,看着隔壁的 408(厕所),看着那个曾经多少次汗流浃背的足球场,回忆的感动和冲动从心里生发出来。

记得刚去学校时那天晚上,我们天南地北的四人均无睡意,其中尤以贾六为甚,天南地北地侃。时光一晃,便已毕业三载。想想以前的日子真的很是怀念。我是个很念旧的人。

今天是阴天,外面细雨纷飞,我遥望飘浮在窗外上空的乌云,一边思索着过去的大学日子里,自己曾经失落了的。思索那些失落了的岁月和情谊,以及烟消云散了的思念。

记得在一首歌词里有过这样几句话:

> 想为你做一道菜,但是我没有锅子。
> 想为你编一条围巾,但是我没有毛线。
> 想为你写一首诗,但是我没有笔。

如今,思念的记忆充溢满怀,但这份真实的经历和情谊的确是已经离我远去,我已经忘掉太多事了。像现在,一边回忆一边写。想为这段日子写一篇文字,拥有了一支好笔,却因为没有好的墨水,无论如何,这不能不是遗憾。思绪也因此常会陷入一种不安的情绪。因为我担心也许会将最重要的记忆遗漏掉或是哪些地方写得不好甚至有出入。但无论如何,现在我所要写的,成了我所有的记忆。我紧拥着这已然模糊,而且愈来愈模糊的不完整的记忆,尽我所能地写下这篇文字。

感恩提示

gan en ti shi

这篇文章,没有华丽的词藻,没有动人的华章,也没有惊天地、泣鬼神的故事情节,有的只是对往事淡淡回忆。对曾经的岁月和友情的回忆。那些人,那些事,纵然在作者心中逐渐模糊,而我们从他"模糊的不完整的记忆"中却读出一份珍惜、一份真情。

406舍的戏剧情节很多,作者回忆当年往事时选择较为典型的事例,记叙那位于高坡上的宿舍对面毗连女生宿舍的情形,他如是写着:"女生宿舍让我们有时枯燥无聊的男生多了点儿乐趣和色彩……从现在看来,清一色的男生能保持这样的荣誉,多少有点儿不可思议……"这些日常细微的生活情节,司空见惯的住宿生活,在作者平淡的笔调中,平添了趣味和人情味,诙谐中隐含对往事无限追忆、怀念。

而对406的主人们逐一回忆的几个片段,融注更多的是相濡以沫的真情。对贾六的回忆,对小水的回忆,对大兵的回忆,对当年"自己"的回忆。无论是多情的贾六,内向的小水,重情义的大兵,还是自命清高的"我",都曾经是相聚在同一屋檐下的哥们、好兄弟。是什么力量让山东大汉为抢宿舍的事甘受处分?是什么力量驱使自命清高、自以为是的"我"心平气和与舍友分享恋爱经验?是相互间的坦诚以待、真心付出。正如作者所说"因为他们真心为我好才会说的,我把它们当作生命中最宝贵的东西"。

天南地北,是一份缘让我们相聚;岁月缓缓流逝,是一份真心让我们相守。酸甜苦辣,我们一起体味过。尽管天各一方时我们留下了"那些失落的岁月和情谊,以及烟消云散的思念",就让我们紧拥"已然模糊的记忆",为爱抒情!

(庄妃妹)

知·音·难·忘·的·85·个·友·情·故·事·

57

叶子是敏感的,她用一颗敏感的心灵感悟生活;叶子是古典的,她如一位古代的才女,憧憬着世间所有的完美。她清如水,惠如兰、纯如雪、逸如云……

我的朋友叫叶子

◆文/寥无晨星

我的朋友叫叶子
在她透明的心儿
里面有一个角落
那里停放着
善良的故事和动人的传说
这个世界没有欺骗也没有争夺
美丽的女孩叫叶子她经常这么说
在她透明的眼睛里面有一片湖泊
那里沉浸着喜悦的伤感和忧郁的欢乐
它的水面上没有涟漪也没有颜色
长长的睫毛闪烁着无尽的猜测

(叶子问)
爱情是什么颜色的如果忧郁是蓝色的
快乐是什么颜色的如果寂寞是灰色的
天空是什么颜色的如果汪洋是蓝色的
我说天空也是蓝色的因为他们彼此相爱了

爱情是什么颜色的如果记忆是模糊的
渴望是什么颜色的如果时间是静止的
永恒是什么颜色的如果呼吸是短暂的
我想我只好沉默因为这问题地球它也在思考着

透明是什么颜色的如果风儿是快乐的

叶子的眼睛是透明的

心是快乐的

一开始听到这首歌时,不禁惊叹:这就是唱给叶子的——那个浪漫、乐天、纯真、美丽的女孩。后来我知道了她在西陆的一个更浪漫的名字:衣舞暮风。她的真名中有一个衣字,朋友们都亲昵地叫她衣衣。

叶子是我的好朋友,后来经她力荐,我和她成了同事。

认识叶子是在一个星星满天的夏夜,那晚宿舍停电了,百无聊赖的我翻出一个蒙尘的小收音机,打开,电池居然还能用!我觉得真是一个奇迹,后来事实证明我的感觉是对的,那个奇迹创造出另一个更大的奇迹——我因此认识了叶子。收听电台节目,对我来说是很遥远的事情了。在告别了校园的同时我就告别了它。但是那个夏夜的星空下,重温以前的心情,昨日的故事竟渐渐浮泛。这时,一个深情磁性、亲切舒缓的声音娓娓传来:"收音机前亲爱的听众朋友:大家好!当夕阳微笑着隐去,当繁星点点燃亮繁华的都市,朋友,结束了一天的忙碌,此时的您在做些什么呢?渴望心与心的沟通,期待知心的话说给知心的人,我们的节目让您不再寂寞!欢迎收听《微笑调频》,我是您的朋友叶子……"无法形容我听到那个如水的声音后的欣喜,恍若几世前就十分熟悉。叶子主持的是一个文学节目,她深情娓娓讲述着一个个感人的故事,让人沉浸其中,感动不已。

就在那晚,我抑不住自己内心的激动,提笔给叶子写了一封信,我在信中对她讲出了我对她节目的欣赏,同时还寄了我的一篇旧作。三天后,在节目中叶子读了我文章,同时感谢我对她节目的认可,并送了一首歌给我。听着收音机里传出的亲切声音,不禁感动叶子的负责、认真的精神。

后来我把文章不断寄给了叶子,听她在节目中对我的作品用深情的声音进行升华,那真是一种无法诉说的享受。有一天我收到了叶子的来信,她说很欣赏我的文章,她也偶尔涂抹些东西,希望有时间向我请教。那天下午,我按信上留的电话打了过去,是叶子接的,熟悉的声音,似乎和电波中的又有点区别。那天我请她喝咖啡,她愉快地答应了。在都市自由人酒吧,一个身材高挑、戴副细边眼镜的女孩推门进来了,她怀里抱着一个大大的文件夹,周身掩不住的书卷气。这就是叶子了吧?我站起身冲她笑笑,她随即也报之一笑。接下来的谈话是轻松愉快的。我就这样认识了叶子——那个声音如水的电台节目主持人。

不久前,原单位复杂的人际关系让我厌倦,我想换一种环境和生活方式。那段时间我经常给叶子打电话发牢骚，她总是静静倾听，一点儿都不厌烦，并不断开导我，讲笑话逗我开心。现在想想，我真的很感激。9月的一天，叶子打电话问我愿不愿成为她的同事？我说开什么玩笑啊？叶子说没开玩笑，他们电台现在正招聘主持人，如果我对自己还有点儿信心，后天就来台里面试。

说实话我的音质还可以，但离做主持还差一段距离吧。但为了不让叶子失望，我还是去了。结果很出乎我的意料，五十多人录取一人，那个被录取的就是我。

那天晚上等叶子下了节目，我和女友一起请叶子吃饭，她也很开心，席间不住地和我们碰杯。

临走时已经很晚了，可是叶子坚持不让我们送，她说让我当好一个人的护花使者就行了。我和女友坐上出租车，叶子冲我们挥挥手。在深夜的街头，她的身后是昏暗的路灯，所有的喧嚣静静退却，此时的叶子，显得那么孤单、柔弱。女友说，给叶子介绍个男朋友吧。我想，怎样温厚宽容的胸怀才能配得上兰心蕙质的叶子呢？

和叶子成为同事后，就对她有了更多的了解。我所认识的女孩中，没有人能比得上叶子更善解人意。她热于助人，对于别人拜托的事情从不推诿。生活中的叶子是开朗热情的。可是在叶子坐在直播间的时候，她经常读自己的心情随感，我总能从中听到些无奈的忧伤。谁真正了解叶子的内心呢？我不知道。记得叶子曾在节目中说过："不能否认，置身在这纷繁的世界，人们在追求丰富物质所带来的享受的同时，也在轻易地放弃着精神上的家园，譬如至死不渝的爱情、肝胆相照的友情、血脉相连的亲情……而这些是任何物质都不能代替的。"叶子是敏感的，她用一颗敏感的心灵感悟生活；叶子是古典的，她如一位古代的才女，憧憬着世间所有的完美。她清如水，蕙如兰、纯如雪、逸如云……

在别的女孩沉迷于迪厅酒吧的时候，叶子在下班的路上孤独地走着，在所有人都沉睡的时候叶子还在灯下抒写着她纯真的青春岁月。叶子不仅有才气，她的勤奋，有时也让我感动得心疼。西安两本青少年杂志上都有叶子的专栏，现实中她却从不张扬，只有每月当几张稿费单寄到单位的时候，同事们才会惊呼一阵。叶子在西陆也是如此，她的作品最近连续被推荐上首页，我兴奋地向她祝贺，叶子还是一如往昔地笑笑，不得意也不炫耀。

"常常沉浸在那一个个感人温婉的故事中，醉心于那种童话般的纯净里……"叶子说，此时她的眼睛明澈的没有一丝杂质，雪一样纯洁宁静。"在她透明的心儿里面有一个角落，那里停放着善良的故事和动人的传说。这个世界没有欺骗也没有争夺，美丽的女孩叫叶子她经常这么说。"听着羽·泉的歌，你会和我一样想起叶子，对吗？

感恩提示

gan en ti shi

"透明的眼睛里面有一片湖泊,长长的睫毛闪烁着无尽的猜测。"这是作者笔下的叶子给人的外表上的感受。在《我的朋友叫叶子》中,我读到了叶子美好的形象。

叶子是古典的、纯洁的,如一位古代的才女。夕阳微笑着隐去,繁星点点燃亮都市时,叶子深情磁性、亲切舒缓的声音娓娓讲述着一个令人感动不已的故事,她常沉浸在那一个个感人温婉的故事中,醉心于那种童话般的纯净里。

叶子憧憬世间所有的完美,至死不渝的爱情,肝胆相照的友情,血脉相连的亲情……但她敏感的心灵感悟到人们对丰富物质的追求,对精神家园的放弃,所以她总有丝无奈的忧伤。

叶子是勤奋的。当别的女孩沉迷于迪厅酒吧,叶子在下班的路上孤独地走着;在所有的人沉睡时,叶子还在灯下书写她的青春岁月。鲜明的对比,说明了纯洁女孩的勤奋。

叶子是热情、乐于助人的。"我"连连向她寄去作品,"我"次次向她诉苦,她不厌烦,总用深情的声音进行升华,总次次劝我,还帮"我"找到工作。

她清如水,惠如兰,纯如雪,逸如云……我静静地欣赏着,叶子的清纯形象仿佛展现在我的眼前,我觉得叶子是天上偷偷下凡的仙人,她有仙人的清纯、飘逸,有天使的快乐与热心,更难得的是她还孜孜不倦地写作。清纯、快乐、乐于助人,一直是我梦想的形象,这也是繁华的都市中缺少的。将叶子的清纯与人们对物质世界的追求,对精神世界的放弃相比,更凸现了这种精神的短缺和可贵。我喜欢作者笔下的叶子,喜爱她的清纯,快乐。我相信每个知道叶子的人,听到羽·泉的那首关于叶子的歌时,都会想起叶子的。

(林小华)

这之后我们很久没见面，我每年还会寄出两张卡片，一张给我高中的语文老师，一张给欧阳叶叶。

记我的好朋友欧阳叶叶

◆文/杨小果

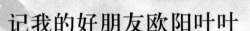

1991 年的夏天，我升入高中部。站在宣传栏前吃一个冰激凌，有个穿黑 T 恤的男生靠近我，塞给我一封信。当时我正在等欧阳叶叶上完厕所，她在放学的时候总是要去厕所，这样奇怪的习惯也只有我能容忍她。

这封信是给欧阳叶叶的。我接过来，看着眼前这个大胆的黑皮肤男生，开始明白有些重要的事情要发生！

我把冰激凌一扔就开始往厕所里冲。欧阳叶叶正蹲在那里看一本玄小佛的书。我说欧阳叶叶有个男生要我转封信给你！欧阳叶叶抬起头，狐疑地看着我。我不耐烦地把信举起来，你到底要不要？要不要？欧阳叶叶不吭声地又开始盯着我手上的信。我突然把信抽出来，一边倒退一边笑，你不要是吧，你不要，好，那我开始念了。我把纸展开，老实说这个男生的字写得可真不怎么样。

"欧阳叶叶——"我开始念。欧阳叶叶还是没有反应。"我像掉进冰窖里一样，开始感觉到寒冷了……"我大声念道。欧阳叶叶像被电击一样用一个手飞快地提起裤子，一个手伸过来抢信。

后来我们在学校的茶树林里仔细研读了这封信，共同决定枪毙掉这个男生，字写成这样也敢写信，欧阳叶叶大声地说，脸上因为温度过高的缘故发着红。其实我知道关键不在这里，关键在于他写的东西太臭太门外汉，看过很多书的欧阳叶叶是受不了这个的。我负责去退信，在宣传栏那里找到那个可怜的男生，我把信往他跟前一扔，转身就走。

欧阳叶叶后来跟我小声嘀咕说这样是不是太残忍了。我一听头就炸，你这个人怎么这样，我连冰激凌都扔了还不能扔他的信！欧阳叶叶忙拽我的衣，好了好了，你别叫，我不说了还不行？

欧阳叶叶给我买了个更贵的冰激凌。

二

我得申明读书的时候我该算是个差生,但是欧阳叶叶不是。

从小学开始,她就一直在优等和中等生之间摇摆,摇摆的原因是因为我,有时候我心血来潮会和她吵上一架,或者被别的事物转移了注意力,这个档期她的数学成绩就会上 100 分。100 分是小学,到了初中以后欧阳叶叶的数学成绩哪怕有我的配合也只是 85 分左右。她其他成绩都好,就是数学不好,她跟我一样,是个逻辑思维不严密的女人。

欧阳叶叶拒不承认这一点,她把原因归结为我对她的干扰。

除此之外,我还妒忌她复姓欧阳。无论多么平庸的名字,加上她的姓氏都会变得很醒目。而我姓杨,假如我也叫叶叶,杨叶叶——听上去就逆来顺受,发育不良。好在我叫杨粲初。

杨粲初!欧阳叶叶咬牙切齿地叫我。我明明比你多了一个字,写起来笔画还是比你少。我一想到我的童年直至青少年时期都和这个逻辑思维不严密的女人长期厮混在一起,我就恨不能与她绝交。所以说欧阳叶叶对我的折磨真是罄竹难书。

比如她初中就来了例假,上体育课经常名正言顺地请假,在男生的目送下懒懒散散地斜靠在树阴下,这让毫无动静的我非常紧张,有一阵时间我几乎绝望地以为,我不具备这个生理项目了。欧阳叶叶对此嗤之以鼻,你不过是晚熟罢了,她老练地像个妇女。

高一下半学期,学校组织文艺汇演,第一次来例假的我和欧阳叶叶一起在操场排舞,我很紧张地问欧阳叶叶,看不出来吧?看不出来吧?欧阳叶叶很舒展地转圈,眼都不眨地说看不出来,什么都看不出来。但是整整一个星期我的状况都非常糟糕,我拒绝排练,因为我很担心像不干贴一样的卫生棉会顺着裤管滑下来。

三

许多的秘密,我们一起分享。

高中三年她跟我生气的次数屈指可数,而且在每天的语文课上,当我们的语文老师穿着拖鞋,拖着他的两条长腿近前,我们所有的芥蒂都会一扫而空。这个英俊瘦削,稍许有些任性的语文老师填补了我和欧阳叶叶少年时期对男人的所有梦想。在他的课里我变得沉默,而且毫无行动。他给我们讲细节对于文章的重要,说一个女孩在雪地里苦等她的恋人,一次一次用手握住一把雪,默默给自己下决心,如果这把雪融化他还没有来,我就离开。每一把雪都化了,人却始终没有来……欧阳叶叶说,我真宁愿是他手中的那把雪。

我的内心突然有灼痛的感觉,青春期漫长如盛夏,我早在他的掌心里化掉了,消失了。我一边与欧阳叶叶心神相契地享用我们对老师的迷恋,一边隐藏我内心迷惘的焦灼。这是整个少年时期我唯一不肯与欧阳叶叶完全共享的秘密。

欧阳叶叶却是喜欢与我分享,并积极分享我的喜怒哀乐。

哪怕我去老师家里挨骂,她也要送我到门口,然后照惯例坐在游泳池边的老梧桐树下等我。有一天我兴高采烈地从班主任家里出来,太阳已经下到山那边,校园很安静了,欧阳叶叶站在泳池边上,穿一条小碎花的裙子。几个游泳的男生在她身边划来划去。我隔着泳池大声叫欧阳叶叶!这个时候意外发生了,有个男生大声说,她叫欧阳叶叶吗?她哪都长得好,就是屁股大了点儿!

我傻在那里,然后瞪着欧阳叶叶看。她的脸在昏暗的天色下刷地转成紫红,眼光在对岸张皇地搜寻我。我们对视了片刻,我突然忍不住笑出声来,我笑弯了腰。1992年的某个很好的黄昏,我与欧阳叶叶,还有几个素昧平生的,赤膊精瘦的男生笑成一团。这件事成为我和欧阳叶叶的大秘密,我们分享其中私密的快乐,并从此养成了照镜子一定要反过身去看后半部分的好习惯。

四

高三的寒假,欧阳叶叶暴躁的父亲从抽屉里翻出那一沓信,给了她一大巴掌。素来听话的欧阳叶叶就离家出走了。

我和几个同学打着手电几乎把学校翻了个遍。车棚,饭堂,泳池,茶树林,我在这些我们经常出入的地方来回地逡巡,空荡的回响让我刻骨铭心地想念那个安静地跟着我,一脸羞涩笑容的欧阳叶叶。我不可抑制地哭了。很多的往事让我意识到欧阳叶叶对于我单调、动荡、愚钝的年少有着安抚的力量。

天色微亮的时候,我摇摇晃晃地回家,在家门不远处看见欧阳叶叶,她安静的小脸带着笑,憔悴地等我。我走过去抱着她哭起来,欧阳叶叶拍着我的肩,安慰我说,好了好了,没事了。

这以后欧阳叶叶开始认真读书,那种下死工夫的认真。我也收心读书,没有心情再去捣乱捉弄。即使是在一起聊天,我们的话题也开始有忧郁的情绪。就在这种情形下,名叫金帝的巧克力开始出现在中国市场上。欧阳叶叶的姐姐欧阳树树买了各种口味的巧克力给她。欧阳叶叶每天带一块到学校,在傍晚回家的时候与我分享,金箔的纸撕开,一人一半。我吃着她姐姐给的巧克力,问她,如果我和你姐姐掉到水里,你先救哪一个?毫无准备的欧阳叶叶有些发蒙地看着我。很多年后她回忆这件事情,说你们这些独生子女敏感得让人慌张。当时她想了很久,对我说我还是会先救你,姐姐会有姐夫救的。

一直到工作以后很久,我才意识到当时我有多为难欧阳叶叶,而她的小脑筋又多么聪明。

五

毕业后很久,过得有点儿寂寞。

我经常一个人逛街,一个人在超市里挑梨,一个人反反复复地照镜子。我买了一条裙子,臀围过大,就寄给她,我说你不是屁股大吗。欧阳叶叶在电话里说杨粲初你还好吧,你要按时睡觉。

我们都上班了,她在北京的报社,我在广州的电视台。我迷上了吃一种叫渔夫牌的瑞士巧克力,500克就要200多块钱。欧阳叶叶惊叫说我疯了,我应该存钱!存钱买房子!

我一听她这样惊惊咋咋就想笑。欧阳叶叶总是这样,我喜欢她很婆妈的样子。两年后我随男朋友去了深圳。欧阳叶叶来看我,带了很多果脯和茯苓饼,还有三只烤鸭。她跟我说,你男朋友长得像吴敬琏。有那么老嘛!我反驳,她说是像吴敬琏年轻的时候。我就忍不住笑起来。欧阳叶叶不是个幽默的人,却能随时随地把我逗笑,让我开心。

这之后我们很久没见面,我每年还会寄出两张卡片,一张给我高中的语文老师,一张给欧阳叶叶。忘记了在一个什么日子,我在电话里随便地问欧阳叶叶,你和那个游泳的男生写信,怎么我都不知道啊?她说你太挑剔,我怕你不喜欢他。

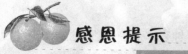

感恩提示
gan en ti shi

文章通过时间的推移,具体描述我与朋友之间发生的五件事,刻录下一个亲密无间的知己形象和一份真挚的情谊,通篇洋溢着作者与朋友有福同享、有难同当、共享心中的秘密的喜悦和幸福感,让人发出"人生得一知己,死而无憾"的感慨。

青春期是人生最不安分的一个时期，充满了矛盾、暴躁与放肆。心理上、生理上总会有一些难言之隐。也只有像作者笔下的这种知心好友，才会让人抛开一切顾虑，放心地倾诉。文中作者用平实的语言娓娓道来，叙事完整，内容充实，把人物形象，丰富的性格淋漓尽致的展现出来，感情真挚。

也许每个人都会有很多朋友，但知己却不然，诚如鲁迅先生所说：人生得一知己足矣，斯世当以同怀视之。真正的朋友不需要太多的语言，这样会显得虚假。它是在你获得成功喜悦时，一个诚心的笑容；当你陷入困境时，一只援助的手；在你心灰意冷时，一句振奋的鼓励；在你艰苦奋斗时，一种无言的支持；在你郁闷烦躁时，默默倾听你的发泄……这一举一动，一眸一笑，一言一语，或许很平常，但这才是一颗真正坦诚的心啊！那还在期盼什么，寻求什么呢？不是每个人都能赢得一份真正的友情，它是需要我们以真心作为筹码去换取的，以坦诚来维持的。友情是生命中不可缺少的一个重要部分，就像鱼离不开水而生活，我们不能没有朋友。

所以，请记住，朋友在真诚中相识，情谊在相识中珍惜，打开心灵的窗户吧，去赢得一份难得的友情，去小心呵护它！

（冯 枫）

友情如水，淡如清泉，平凡的生活中，我们默默携手走过青涩的年少，没有波澜起伏，亦不曾惊天动地。当时光飞逝带走青葱的岁月，却冲不淡我们彼此的情谊。

友谊的花开，没有花落

◆文/平平果果

时光，不论人们注意与否，总是忠实地伴着钟表，"滴滴答答"地走个没完没了，就像正月里的爆竹，只要有人睁着眼睛，它就会"噼噼啪啪"地响个不停。

大年三十这夜，在家里吃完团圆饭不久，便接到好友L的电话，那久违的声音着实让我愣了好一会儿，L说她从外省回来了，要大伙一起到她那儿聚聚。

刚到她家门口，就可以听见屋里传出的阵阵直达云霄的笑声。走了进去，大伙都已在那里了。看到久别的L，心里不由得涌上了一股难言的情绪。很快，我也加入到大家的谈话中去了。我们一起谈逝去的2003，谈将临的2004，谈……看着眼前热闹的场面,听着伙伴们欢快的嬉闹声,这种感觉,好似又回到了从前,只是现在大伙的言行举止间,少了分童真的稚气,多了些睿智的成熟,是该成熟点儿了,18岁了,呼!不得不感慨时光的飞逝,才那么转眼间,也就转眼的那么短的时间,还在牙牙学语的小娃儿都已长成了大姑娘,小伙子了。

"嘿!咋了?怎么不说话啊?大过年的,别给我哭丧着脸,不吉利。"L怪声怪气地对我说。

"你这丫头,什么哭丧着脸,我这叫沉思。沉思,你懂吗?"

"哦——沉——思。"L一脸不敢置信。

"哇——"我气得差点儿没跳脚,"你那是什么表情,看来不给你几分颜色瞧瞧,你都不会知道花儿为什么会那样红的。"话音刚落,我已起身追逐L,逗得大伙在一旁直笑。

嬉闹过后,大家商量到外面走走。当零点的钟声响起,眼花缭乱的礼花和铺天盖地的爆竹,震得人精神抖擞,却又被满世界的火药味熏得直咳嗽。

看着一朵朵的礼花先后在空中绽放,大家静默无语,感受这难得的一次团聚。

"这次回来要呆到什么时候?"我说道。

"再说吧,不过还是不能久呆的。"L一脸无奈。

气氛突然变得怪怪的,大家都不愿去触及这个话题,毕竟离别总是伤感的,但这却是个我们必须要面对的现实。

"唉!一次离别,不知道又要到什么时候才能相聚了?"J说道。

"嘿,别说了。不管多久,我们永远是朋友啊!"L说,"别忘了,以前我们在一起时常说的一句话是什么?"

大家互看了一眼,然后一起说道:"友情的花开,没有花落。"

"这就对了啊!朋友是一辈子的,不管我在哪里永远都不会忘记你们这些好友的。我们是永远的朋友。"听完L的话,大家有默契地拥抱在一起……

礼花仍在一朵朵地蹿上天空,尽其一切,去化作瞬间的辉煌,却也成就了瞬间的永恒,友情在这一瞬间璀璨……

友情如水,淡如清泉,平凡的生活中,我们默默携手走过青涩的年少,没有波澜起伏,亦不曾惊天动地。当时光飞逝带走青葱的岁月,却冲不淡我们彼此的情谊,那是我们共同珍爱的宝贝。L,愿你永远幸福,快乐。我们大伙在这里为你祝福。因为,友情的花开,没有花落……

感恩提示

白开水是什么味道？一千个人喝白开水也许能品出一千种味道。你有没有见过永开不谢的花？这个我可以帮你回答：是有的。如果你不信，那还有一个人可以肯定地回答，这个人在哪？你去看《友谊的花开，没有花落》就可以找到她了。

"我"和 L 是儿时的玩伴，青梅竹马的好朋友，但长大以后由于种种原因必须分开，各自寻找各自的生活。每年春节她们都会小聚会一次，每次聚会她们都想逃避而又不得不面对的问题是：这次回来会呆多久才离别，这次离别又要到什么时候才能相聚？生活中有很多事情并不是人可以操纵控制的，唯一能做到的就是把握自己的心。这就好像一份友谊，如果你的心坚持去保存它，那它就会在你的心里生根发芽；如果你的心想要放弃它，那它就会枯萎腐化。如果友谊之花已在你的心中开出芬芳清香的花朵，你只需要用心去慢慢地培育，那这花就会永开不谢，就像 L 所说的：友谊的花开，没有花落。

生活并不是阻断友情的借口，让友谊之花常开在你的心田里，那你的生活也会充满这芬芳清香的花味！

(肖诗雅)

感
·恩
·朋
·友

68

最后一节课上了一半，从没跟我说过话的詹西突然塞给我一张纸条："放学后我用单车载你回家。"

怀念 14 岁的一辆自行车

◆文/玄 圭

詹西是初一下学期到我们班上来的。他是在原来学校打架被开除后，转到我们这个乡下学校的。詹西原本就背着不光荣的过去，到我们班以后还是一副吊儿郎当的样子，成绩差、奇装异服、特立独行。

詹西有一辆黄白相间的山地车，据说还是从千里之外的家里托运过来的，有高高的坐凳，车把矮矮的。并不太高大的詹西跨在上面，他的上身几乎和大地平行,风驰电掣地骑着,像一尾受惊的鱼在密密麻麻的放学人群里麻利地穿梭。这是一个让人生畏而又常被同学私下里狠狠贬斥的家伙。

初二一开学,老师实行一帮一对策,倒数第一的詹西被分配给了第一名的我,他成了我的同桌。当詹西嚼着口香糖乒乒乓乓将书桌拖到我的旁边的时候,我突然趴在桌子上哭了,很伤心很绝望。

班主任走过来安慰我:"斯奇,你是班长,应该帮助詹西。"我还没说话,一旁的詹西却发话了:"觉得委屈把桌子搬出去!我都没说嫌弃!"哭归哭,我是班长,应该带头承担班上的艰巨任务,所以詹西最终还是我的同桌。但是我心里是暗暗发誓了的,宁愿被老师骂,我也是不会帮助詹西提高成绩的,我巴不得他剩下两年的所有考试次次都垫底。同桌三星期,"三八线"分明无比,而且我们俩从没说过一句话。

有天下午,我穿着城里的姑妈买给我的一件雪白的连衣裙,一整天都很是得意。最后一节课上了一半,从没跟我说过话的詹西突然塞给我一张纸条:"放学后我用单车载你回家。"我的心突然怦怦跳起来,14岁的女孩第一次收到男生纸条的心情可想而知,即使这个男生是我一向都鄙夷不屑的詹西。我不知道该怎么办,动都不敢动。他却在一旁"噗噗"地吐着泡泡糖,见我没反应又塞过来一张纸条:"我必须载你,放学后我们先在教室里坐一会儿,等人都走了我们再走。"

剩下的半节课我内心充满着极度的紧张和惶恐。我想:这个小古惑仔要胁迫我的话,我是一点儿辙都没有的。何况我靠墙坐着,詹西堵在外面,想逃脱都没有一点儿机会。

放学了,同学们作鸟兽散。詹西一反常态没有冲出去。我以为他要跟我说点儿什么,但是他兀自趴在桌子上画漫画,只是头也不抬地甩了一句:"等会儿我们再走。"他说话冷冰冰的,语速又快。我不敢不从,怕今天得罪了他明天要遭他的毒打。要知道他曾经聚众打架连人家鼻子都砸歪了。

我们走出教室的时候,发现校园里已空无一人。詹西先在后座上垫了一张报纸,然后上前去支起车子,也不说话。意思是要我坐上去后他再骑上去。可是他的车子实在太高,我爬了四五次才爬上去。他戴上墨镜,弓着身子,也不事先要我抓好就开始疯狂地蹬车。我惶恐地问他:"詹西,你要把我带到哪里去?"他说了一个字:"家。"我的声音发抖了:"谁家啊?"他的声音提高了八度:"废话!难道我把你带到我家去?"我不再做声。车子拐出校门,詹西走的是去我家的那条路,我坐在他后面,像一个胆小的老鼠一样,连呼吸都不敢大声。

从学校到我家有一公里左右的路程,我一直害怕在路上碰到同学,但是快要到家的时候还是碰见了一个。他看到我坐在詹西的单车上就大声嚷嚷:"哈哈詹西!哈哈斯奇!"我正要说话,詹西怒喝:"理这些无聊的人干什么!"我便闭上嘴,可

知·音·难·忘·的·85·个·友·情·故·事·

是心里很不安:同学要是认为我和詹西谈恋爱可怎么办呀!

他一直把我送到我们家院子里,我刚跳下来他转身就走,对我的"谢谢"不做半点儿回应,整个过程我都处于蒙昧和惶恐中,不知道詹西这么做是什么意思。

进屋,妈妈突然拽住我:"丫头,你来例假了啊?"我惊诧地扭过头,看见自己雪白的裙子上有一大块暗红,是还没完全凝固的血渍。妈妈在一旁数落:"这丫头来例假了也不知道。从学校到家那么远的路,不知让多少人看见了!"那是我的初潮,在14岁的那个下午猝不及防地驾临。

如果没有詹西用单车载我回家,我那被"污染"的白裙子一定会被很多同学看到,而那些男生一定会笑死我的。虽然来例假是每个女孩生命中的必然过程,但是在一群处于偏僻乡下的十几岁孩童的眼里,那可是值得嘲笑讥讽的很见不得人的大事情啊!何况我是一向受同学羡慕老师爱护的好学生。但是那个一向让我讨厌的詹西却用那么巧妙的方法避免了让我颜面尽失。

初三下学期,詹西回到他的城市。他走得毫无征兆,离开之后班主任才通知我们。詹西的离去可能对其他同学造不成任何影响,但是我却从那天起,常常想起并感激着他,以及他那辆温暖美丽的自行车。

 **感恩提示**
gan en ti shi

我没有像看其他文章一样双眼微红,只是会心地把这篇文章看了一遍又一遍。青春啊,那段美丽的日子,有着那么那么多的美丽往事。我有,你有,他也有,像闪烁的星星,点缀着平淡的生活。

很淡很淡的文字,轻轻述说着14岁的那辆自行车。怀念那单纯美好的小世界,有纯纯的友情,还有萌动的爱情。斯奇雪白的裙子在詹西的自行车上舞动的画面,一起在脑里晃啊晃。我想,斯奇应该是很漂亮的,有一把长长的头发,詹西应该是很帅气的,脸上有坏坏的笑。作为一个女生,每月"好朋友"的到来,都是让我很苦恼的事。常常会痛到脸色苍白,死去活来,总会有那么一些男生,会安静地把一杯暖水放在桌上,默默地扛上我所要负责的工作。他们什么也不说,什么也不问,但我心中总会泛起阵阵的暖意。也还记得在一个暖暖的下午,"好朋友"让我很虚弱,身边一个胖胖的男生为我披上衣服,严肃地说:"女孩子在那个时候一定得好好注意身体,千万别冷到了!"当时确是哭笑不得,但现在回想起来,竟颇为感动。

这就是真挚的友情,让我们枯燥的生活因此而变得美丽而充实。

(杨 扬)

从电话亭走出来的那一刻，我感到一股迎面而来的暖流。
纯子那美妙的声音在夜空中回荡，我为我拥有了这一份凝重
深厚的情谊而潸然泪下……

纯子的声音

◆文/依沙凝

从电话亭里出来的那一刻，我感到一股迎面而来的暖流。纯子那美妙的声音在夜空中回荡，我为我拥有了这一份凝重深厚的情谊而潸然泪下……

我曾是一个非常清高又自傲的女孩，因为那稍微与众不同的性格和梦想。我一直以为自己是最好的，因为我自己在努力这么做，并且还因为我有信心我会做得更好。

那是一个很冷很冷的冬季，在短短的不到一个月的时间里接连发生的两件事让我开始对自己的才华和辨别力产生了怀疑：首先是我最认为得意的一首诗在一次全国性的大奖赛中没能冲进决赛圈；另一件是在我患病的时候，一位"好友"偷走了我最近写的一部中篇小说的手稿，仅仅是为了得到一笔数目不大的钱财。我有了一种被人欺骗的感觉，一种撕心裂肺的痛。因为人在旅途中已有不少的好心者不止一次地旁敲侧击或直言相劝地提醒过我，我却一直在清醒中犯着糊涂的错误。只因为天真幼稚的我认为向濒临落水的人伸出一只援助的手是每个善良的人都应该做的。朋友们推测我最终会成为"东郭先生"，后来事实果真如此。

我忘了那夜我是怎么走进电话亭去的。我满脑子里都是烦躁和沮丧，抬头望望天上的那轮月亮，本是很圆很皎洁的，我却也生出了许多莫名的愁，我不知道自己是该朝前走还是该回头。我不敢去找我的任何一个朋友，不是怕讥笑和嘲讽，而是痛恨自己的糊涂。我在街上来来回回地走，心里憋得难受，我想我是快疯了。这时我突然想起了一个人，就是纯子，我与纯子那时还不算太熟，只是在文学沙龙上见过几面。之所以还能记得纯子，是因为在那几次聚会上纯子对我的态度。她从不像别人那样夸奖我的文笔如何流畅，构思如何新颖，只是有一次，她走过我身边的时候，稍稍停了一下，用很温柔的声音轻轻地对我说："我早已把你当做我的朋友了，想起我的时候给我打电话。"我真的很奇怪，那么多亲朋好友之外，我在那个时

候想到的第一个人竟会是纯子。那也许就是缘分吧，就像青春年少中的我们相信所谓的"一见钟情"，有时生命中的许多际遇和相逢是不能够用逻辑和理智来诠释的，就像跌倒之后，我们无权太多地责难命运的不公和世态的炎凉。

我想起纯子是因为她温柔细腻的声音，像一段优美的旋律，悦耳动听，伴随着这声音的是那张纯得让人怜爱的笑脸，我突然间仿佛明白了她为什么会取"纯子"这个美丽的名字。这样一个可爱的女孩我想应该是能够信任的。我用发颤的手在文友通讯卡上找到了纯子的号码，接通后，我又听到了那亲切美妙的声音，我只是对着话筒轻轻地"喂"了一声，电话那头立即响起了纯子兴奋的欢叫："弦月，是你吗？我知道你一定会给我打电话的。"我惊诧于如此默契的心灵感应。"你怎么了？是不是遇到什么不顺心的事了？"纯子的声音永远充溢着温馨与关爱。我断断续续地告诉了她近来发生的一切，纯子默默地听着。后来，我说，我想离开一段时间去看大海，那是我儿时最大的心愿。纯子的声音在顷刻间变得沉重起来，"弦月，若你认为逃避是一种真正的解脱，我想你是可以那么去做的，但是你应该永远清楚一点：这个世界并不会因为你的逃避而改变一些什么，太阳每天仍会是新的。"我当时的感觉就像在炎热的酷暑里被人狠狠地泼了一盆凉水，彻骨的清醒，电话里的空气有些凝滞，我找不到任何一条冠冕堂皇的理由来为自己进行辩解。半晌后，我用发颤的声音对着话筒说了一声："谢谢！"我没有哭，倒是纯子那头的声音有些湿润了："弦月，我们好多好多人都是那么地爱你，你知道吗？"

我忘了自己当时是怎么收线的，就像刚经历了一场彻头彻尾的欺骗后，我发现了那一直环绕在我身边的真诚，我不能有太多的徘徊和犹豫。从电话亭走出来的那一刻，我感到一股迎面而来的暖流，纯子那美妙的声音在夜空中回荡，我为我拥有了这一份凝重深厚的情谊而潸然泪下。

 感恩提示
gan en ti shi

读完这篇文章，有一种清香幽雅的感觉。全文都是以叙事为主，觉得好像就只有两个人，主人公把自己的遭遇说给你听一样。"我"，即弦月，是一个非常清高又自傲的女孩，很有才华。可能是太过沉浸在文学的世界里，把现实的世界看得太过美好，经历了两个小小的挫折，就开始对自己的辨别力和现实社会产生了怀疑，后来一个只见过几面还不算熟的女孩开导了"我"，让"我"重新感受到了温暖。她就是纯子，"我"为拥有这一份凝重深厚的情谊，流下了幸福的泪水。

其实在日常生活中，我们很多时候也像"弦月"那样被一些挫折折磨得体无完肤、支离破碎。虽然某些挫折在外人看来并不是那么困难、可怕,但人的心灵毕竟是脆弱的,自己遭遇的时候总是难以控制。在这个时候,只要我们细心观察,会发现在你身边,会有许多像"纯子"一样热心的人,给予你帮助,扶你走出阴霾。这篇文章似乎在启发我们,不要整天沉浸在消极悲观的情绪之中,要学会坚强、学会乐观、学会找到快乐,正如文章中的"纯子"所说:"若你认为逃避是一种真正的解脱,我想你是可以那么去做的,但是你应该永远清楚一点,这个世界并不会因你的逃避而改变一些什么,太阳每天仍会是新的。"是的,知难而进、知耻而后勇是我们每一个人都应该学习的精神。

(梁 晨)

秋日的清晨,风凉风冷。朋友,阳光中那些微小颗粒似的细节,使你的面孔温馨而具体,使我们的感情真实而生动。

阳光如雾,朋友如渡

◆文/刻 舟

那些同过路的、通过信的、喝过酒的、有过同一个老师的、攀着肩膀望过同一个月亮的朋友,你们现在好吗?

冬日的早晨,我打开久闭的窗户,阳光扑哧哧地飞进来,风凉极了,许多细小的颗粒在光线中乱纷纷、冷飕飕地骚动,那一窗阳光于是雾一般浓重。

在这雾样的阳光中想念你们。

那天,张,来到我城市边缘的居所。那天的阳光是一匹温暖的缎子,透过久未打扫的玻璃窗铺在我们并排而坐的身上,在我们有些苍白似乎苍老的脸上幻出些少年的红润。

我们曾经生活在一座红围墙的老式房子里,都是让教师头疼逃学威龙般的角色,毕业后虽然都上了大学,但也不甚得意。想回去看看又没有什么颜面,想老师的记忆里优胜劣汰,该没有我们的名字了。只能一起聚着抽烟,在烟雾中回想往日的时光,说母校那低矮的平房该改朝换代了吧,说那简陋的操场该有了400米跑道,说校门旁的樟树和玉兰应该长高了,还说那次聚会放在河流里的漂流瓶不知现在飘到了哪片水域,是江、是湖、是海、还是哪个陌生人讪笑的掌握之中,最可能的结局是已经埋入泥沙。因为我们自己也已经把那里面所写的懵懂和轻狂埋入了记忆深处……

但内心里，那资江水淌过的地方总蔓生出许多回忆的水草，长一条短一条地牵扯着神经。

在这样静谧懒散的时候，清儿你那羞兮兮的样子也呼之欲出。我这样闭着眼、坐着，闭着眼坐着想你，清儿你这个聪明得可怕，又美丽得可爱的小女孩。偶尔在网络上认识了你，保持三年联络，却只见过一次面，在伊妹儿里我们熟悉得一塌糊涂，谈起梦想、爱情、诗和酒；见面后又彼此有些拘谨，你小口小口地吃菜，我大杯大杯地喝酒。

那次路过你那个城市，特意下车，绕道到你们公司里的宿舍楼。你不在。我把那袋你喜欢的生鱼片插在门把里了。两三个小时后回来的傻女孩，应该又会惊喜得大呼小叫、东张西望，但你知道，来过的是谁吗?我在南归的火车上幻想你的笑靥，不由得对着火车上的陌生人笑了。

还有你，达子。

在那班狐朋狗友中，你是老大。毕业后，我们春节总有次约定的聚会。围坐在炉火边，热一壶滚烫的米酒，聊着彼此一年来的种种，好也由它，歹也由它。常常，一聊便聊到了凌晨时分。而彼此，依然了无睡意。达子笑称，要在这几天里，把一年来没对我们说的话统统说完，这样，分手的时候才不会觉得遗憾。

那年你带来了女朋友，我们为你祝福，也让你喝足了三大碗米酒。第二年你被她带走，据说是爱情的基脚已就、婚姻的大楼要建了，撇下我们群龙无首，傻等了半天。那么我们还能做什么呢?依旧是祝福，依旧是米酒，放在我对面的那碗，原本是留给你的……

秋日的清晨，风凉风冷。可是朋友，阳光中那些微小颗粒似的细节，使你的面孔温馨而具体，使我们的感情真实而生动。

是的，我们另有许多事在做，另有许多人在交道。但在以后的日子里，还会有这样温和的阳光推窗进来，让你想起我，让我想起你。

感恩提示
gan en ti shi

有时，或许是听了一首歌后，或许是看了一幅相片后，或许是自己一人，伫立在一片明月下……这时，那些同过路的、通过信的、有过同一个老师的、攀着肩膀望过同一个月亮的朋友们，都会一一浮现在我们甜蜜的回忆里。

在《阳光如雾，朋友如渡》这篇文章里，作者在雾样的阳光中想念他亲爱的朋友们，对这种世上让人感到最温馨最真诚的感情，作者不刻意作任何的褒扬和美饰，只是用最朴实的语言，让脑海里浮现出的一幅幅回忆图，清晰地呈现给读者。然而，平凡的经历中却蕴含了不平凡的感情。读了一篇如此优美自然的美文，怎能叫人不心动？怎能叫人不联想？人在自己的生命旅途中，要接触各种各样的机缘，结交众多的朋友。但是，不管怎么说，一个人在拼命苦斗时对同甘共苦的朋友的思念，也许真是一生中最珍贵的吧！

最让人难忘的就是一起走过的日子，平凡的岁月，平凡的故事，不一般的酸甜苦辣，不一般的情节。用心去发现吧！摇曳多姿的季节里，我们的友情之树正在含苞欲放，愿这些都铭记于每位朋友的心中。

（陈志权）

真挚的友情没有爱情的计较和缠绵，没有亲情的忙碌和挂牵，却清澈得一如夏日的清泉，平淡得一如冬日的湖面，温暖的是彼此的心田！

相伴友情

◆文/崇 馨

失望的时候想要逃避，伤心的时候想要安慰，落寞的时候，我会选择独自的漂流。踏上一段没有归期行程，选择一次无法预计的独行。

对于我而言，其实更多的时候，告别的意义，仅仅是在人群中交代自己，能说出口的理由，都只是为了安慰亲友，以期望在我消失之后他们别太为我担心。而之所以选择漂泊，是因为此时的我更需要陌生的城市、陌生的面孔去隐匿自己，医治心情。

很久没有见到我的朋友们了，因为他们都很忙。百无聊赖地蹲在网上，忽然见到一个闪动的头像，是友人约我喝茶。神聊之下当然是欣然允诺，于是明天的时间竟因为有了朋友的参与而变得令我神往起来。呜呼，悲哉！原来日子不知不觉中竟被我过成这样，大学时代的风采早已为镜中花水中月，怅然的要死。也罢，暂且休息！

第二天一早,我和友在约定的地点见面了。他还是上学时的一身打扮,冬日的街头,我们边走边聊,很有点儿落魄书生的味道,大学生活忽然在我眼前变的清晰而美妙。吃完早点,太阳已在头顶露出了红扑扑的脸。多么美好的一天!

我们坐在蛋糕房的秋千上,聊着大学、人生、前途、爱情以及一切属于我们这个年龄的话题,轻松而又愉悦。我发现友比我想象中经历的要多,要成熟,要有思想。生活的磨砺有时比时间的锤炼更能让人成熟。

聊完天,我们又一起吃饭,买足彩,逛书城。友知道我想学法律,就很热诚的帮我问导购员法律的书架在哪里;觉得律师应该有很好的口才,就让我多看看文学口才类的书。有时,我看书看得入迷了,半天还在原地,正担心友找不到我,抬头时友就在离我不远的地方站着。逛了很久,我没有找到自己满意的书,友仿佛觉得自己没尽到责任一样,热心地问:有喜欢的书吗?

我说:我想找一本《小王子》,可是找了很久都没找到。

过了一分钟,友将一本装订精美的书递到我眼前问:是这本吗?

那一刻我竟然失声叫了出来。

是啊,该说什么呢?能说什么呢?一切的语言在此刻都显得这样淡,这样浅。于是,我朝他感激地笑笑,他也回报我一贯的微笑。

两个人的对话是这样的纯净,简单。

真挚的友情没有爱情的计较和缠绵,没有亲情的忙碌和挂牵,却清澈得一如夏日的清泉,平淡得一如冬日的湖面,温暖的是彼此的心田!华灯初上,熟悉的城市街头,有歌飘过:朋友一生一起走……一句话,一辈子;一生情,一杯酒……

 感恩提示
gan en ti shi

或许应该说,处身在这个社会上的人都有自己的朋友,不同的人对朋友的感知也不尽相同。有吃喝玩乐的猪朋狗友,有予人启迪的良师益友,有生死相随的战友,还有"君子之交淡如水"的挚友。

本文中的朋友真挚、纯净、简单,如夏日清泉般清澈,又如冬日湖面般平淡。作者从"正百无聊赖地蹲在网上时发现友人'闪动的头像'"切入,以时间和过程为线索,从喝茶到聊天,到吃饭,到买足彩,到逛书城,整个过程写得清淡、简单而质朴,可友情最令人感动的,是它虽然平淡、质朴,却总是在任何时候、任何情况给予你平淡的、质朴的、默默的支持与关爱。若干年后,我们也会各奔东西,支起一片自己的天地,都市的繁华、夜空的灿烂也许会使你目不暇接。但真正让你百感交集的,却是那孤独的晚上,电话机里,老朋友平淡而真切的一声问候。

　　除此之外,文章里更值得一提的,是其清晰的层次、平实而概括性强的语言,而使人眼前一亮的更是其歌曲形式的结尾,看着这熟悉的文字,想起周华健《朋友》那悠扬的旋律,一股暖流不觉已涌上心头。有朋友真好!

(陈　炫)

　　命运的锁链将我们连在了一起,未见过她,却有一种似曾相识的感觉,于是,我们成了知己,投机的无可分离,即使相隔万里,也能心有灵犀。

友谊·心弦

◆文/佚名

　　朋友,你相信缘分吗?儿时,对我,可真是一个扑朔迷离的问题。可现在,我不再否认,因为我发现"两条平行线总有相交的时候",缘分很深的人,也总有相遇的时候。那时,是因为我认识了她——卓。

　　命运的锁链将我们连在了一起,未见过她,却有一种似曾相识的感觉,于是,我们成了知己,投机的无可分离,即使相隔万里,也能心有灵犀。

　　然而,我们吵架了,吵架的原因我们彼此都莫名其妙,在这期间,我们仿佛受了命运的指使,竟写下了同一话题的日记。

　　我的日记——

2004年4月3日 星期六 多云
珍惜友谊

　　我和她是升入初中以来的第一对挚友,我俩学习很好,爱好相同,就连某时说话都异口同声,我曾把她定为我这初中三年以至长大成人后的最好的朋友,永远的朋友。虽然这种信念我现在仍没改变,可是,我们之间的友谊代沟似乎深了很多,好难跨过……

　　无数个夜晚,我的梦中总有她的身影,回忆着我们假期一块逛书店,下馆子的快乐；陶醉于我们在网上一起遨游，一起玩游戏的情景；沉迷于夜间与她家人共度晚餐的愉悦；分享彼此的喜、怒、哀、惧；重归我俩手牵手、肩并肩一起嬉戏，一同回家并在一起的欢笑……可，那似乎成为遥不可及的历史，使我不止一次在默默哭泣。

现在的她，对我是那么陌生。不知何时，课间不是我俩手牵手，见面时也是那么不多言语，就连放学，她也早早离我而去。当我默默看见她与别人嬉戏，我总是很伤心，我知道，我是没有权利限制她的交友。我知道，我是没有权利限制她选择朋友，可我总不能自已，虽然表面装出不理不睬的样子，可内心很痛，仿佛在滴血。

我知道，我俩的友谊还在，就像藕断丝连，但我不想眼睁睁地看着友谊之花被岁月的长河所冲刷，我不相信，友谊会是这么脆弱，这么短暂。但我不想对她道歉或者主动与她重归于好，我反省过，但我不认为自己有过错，有时，我也试着与她沟通，但说不了几句就陷入僵局，在以前，这简直是不可能的。放学路上，我们似乎都觉得时间短暂，我有时会驻足给她讲故事，抛弃时间，我俩一起欢笑，那，多好。可现在，漫漫回家路，好长，好长……我真想让友谊之花重新开花，但我无奈，我悲伤，但我仍不放弃，如果要给这个选择定一个期限，我想，应该是一万年！

夜，很静，泪水——滴答，滴答……

卓的日记——

2004年4月3日 星期六 多云
谢谢你，朋友！
——献给我一生的挚友

朋友，如果你还记得我们曾经无知的语言——我和你的心灵是相通的，还相信"身无彩凤双飞翼，心有灵犀一点通"的话。那么，你听到了我在对你说谢谢吗？

可能那天你很失落，可能那天我有些急躁，可能当时我没能理解你的心情……不管什么"可能"，我却只得到了"结果"：我们吵架了……

在不跟你说话的日子里，我的生活总是空虚，很孤单，就算和其他朋友再开心，我的心中也总会想起你来。即使只是一个淡淡的微笑，一个稚气的眼神和一句只说了一半，而另一半却没有说出口的话语，也都深深地印在了我的脑海里,挥之不去。我也会常常来到我们以前玩耍过的地方回忆"曾经",回忆"快乐",嘴角边会时不时的扬起一丝微笑,心中有种说不出的痛楚。有时,我甚至很后悔,后悔当时我不应该对你大吼大叫。就算你是无理取闹。不知是一种什么样的感觉,我总觉得迁就你,仿佛是我的职责,无可非议。

其实,你也不能怪我对你的冷漠。因为我总是很内疚,不能成为你称职的朋友。不过,有时我也会悄悄地看你一眼,看你是否快乐;有时候,想跟你说一声"抱歉",虽然每次都鼓足了勇气,可是你那漠然的眼光,却使我总也迈不出第一步。

不管"今天"和"明天"是怎样的,至少我还拥有你陪伴的"昨天",我还是要对你说声:"谢谢。"谢谢你给我带来了快乐,谢谢你给我带来了值得我一生去呵护的回忆,是你让我明白了也许友谊就像一个水晶球,虽然美丽却很容易破碎,必须去精心呵护它;也让我明白了,世界上没有十全十美的人,让我不会再因为一点儿痛,一点儿自尊,而让自己后悔一辈子。

对了,如果别人问你是谁,那我就说"微笑的天使",好吗?另外,当你看到这篇文章时,不要怀疑,不要问"她"是谁,如果觉得是你,那就请在心中轻轻默认吧。行了,我的朋友,我投降了,我们和好吧。即使我们的水晶球已经破碎了,但我依然期待着"破镜重圆"的那一天。你在我的心中,永远是我最铁的"哥儿们"。

如果秒针可以倒着转,时间可以倒着流,那么今天的你我,将是世界上最幸福、最快乐的朋友。就像一首歌所唱的:"有许多的爱可以重来,有许多的人值得等待……"那么,我也相信,有许多的话,不用我说,你也明白,就是这句:"海内存知己,天涯若比邻。"不管你身在何方,总会听到我在对你说:"谢谢你,朋友!"

我俩在同一时间给对方看了各自的日记,然后相视而笑。真的,我俩和好了,并更加亲密,友谊是真挚的,长留在我们心中。

79

感恩提示
gan en ti shi

    伴着一种淡淡的忧伤,我静静阅读《友谊·心弦》,仿佛坐在一个小小的黑暗的小影院里,感受着人生相互交融的感动。我突然产生一种不可遏制的欲望:我要永远永远地用心去呵护一生的友情,不让遗憾的暴风雨伤害友情之田!

    两篇日记,前半部分均淡然地叙述着友情的疏离。受挫的难以直面的悲伤、一丝久久的叹息游离在朴实的语言中,让人心头发紧。心有灵犀的一对知己之间,突然产生的隔膜让人惋惜,而冷静思考后两人对友情的重新认识和豁达,与执著相伴的心态更令人欣慰,从"内心很痛,仿佛在滴血"到"但我仍不放弃,如果要给这个选择定一个期限,我想,应该是一万年"!从"心中有说不出的痛苦"到"即使我们的水晶球已经破碎了,但我仍然期待着破镜重圆的那一天"。这样对友情的阐释无疑地拥有了更深沉的内涵。

    "世上没有十全十美的人。"也就不可能有那种唯美的、没有瑕疵的友情。人在畅饮着友情的甘酿的时候,不要丢掉了理性、冷静。面对友情的突变,要理性地对待,要清晰地认识、分析,为值得你珍惜的友情作出真挚的挽救。

    "友情就像一个水晶球,必须去精心呵护它"。在平常的交往中比心有灵犀更重要的是宽容、理解,台湾作家林海音于《豆腐颂》中提出了"豆腐修养":"你不能蛮横地要求对方的心情'必须'永远是春天。只有像豆腐那样'柔软'的宽厚心情,才能容忍对方一时的过失。"一生的挚友,相识,更要相知。

(梁 超)

这样的友人,这样交往了半辈子而又相信、相知的友人,这种纯真而无羁绊的友谊,今生不会再有。

这样的友人今生不会再有

◆文/晓风残月

丹走了,永远地走了。数月来,他在我的记忆中并没有因时光的流逝而淡去,相反,我愈加感到失去的珍贵。

丹,我们十几岁就认识了,虽不是发小,也算是青少年时就开始交往的朋友。他颇有才气,为人宽厚,朋友们喜欢称他大哥。

从一认识,我们就很谈得来。那时都很年轻,我们在一起谈人生,谈理想,谈兴趣,谈爱好,谈读书偶感,还谈一些八竿子打不着的人,谈我们这些小人物管不着的事。觉得和他谈话,能激发灵感,时常碰撞出思想的火花。

岁月悠悠,每个人的生活也随之变化,我们会谈及工作中的成绩和挫折,会谈及生活中的喜悦和烦恼,谈共同的朋友,谈家人孩子。光阴荏苒,不知不觉中当年的风华少年已开始两鬓染霜,随着时代的变迁,各人的生活发生了更大的变化,但我们依然有那么多相通的语言,我们会交谈第二次创业的酸甜苦辣,会感慨多年奋斗的艰辛……只要遇到一起,永远用不着找话题,随便从任何一句话开始,都可以聊下去。不仅无所不谈,而且无所顾忌,不用斟酌,不用戒备,非常随心,非常放松。既说自己得意的事,也说自个儿的丑事,说出自己的所思所想,对方能理解,说出自己的内心秘密,对方会守口如瓶。有时分享快乐,有时述说苦恼,在我面前,他可以吐露男子汉内心世界脆弱的一面,可以流下从不轻弹的硬汉子的眼泪。就这样,每当我有话想找人说说时就会想到他,他隔段时间就会来聊聊,多少年来,我并没有意识到拥有些什么,可现在却常常感到失去了什么。

有这样一个蓝颜知己已属可贵,但更可贵的是几十年的纯洁的友谊。虽然我们之间无话不谈,但却从没有过超出友人的情感,这并不是理智地控制感情,也不属于柏拉图式的纯精神,而是压根儿觉着就是一个朋友,一个令人愉快的哥们。有时甚至忘记了对方是个异性,无论讨论什么话题,都是那么坦然。真是那种有人所说的"无欲望,无性别"的境界。记得曾有人问我:"有人说男女之间没有纯洁的友谊,指严格意义上的纯,包括物质和精神的,你认为有吗?"当时我说不上,因为我认为一切都随着时间在变化,不到生命的终点都不能定论,现在我可以以我的经历说:"有,但很少。"

这种长期的纯洁的友谊已弥足珍贵,更难得的是这份友谊能得到周围朋友和家人的理解。周围的同事和朋友都知道我们关系很好,但从没人说过什么。我丈夫和他也是好友,无论谁家有事,只要知道,都会义不容辞互相帮助。他的妻子和我说话常称:"咱们姊妹……"但更多的时候是说:"你们姊妹……"丹去世后,处在万分悲痛中的他的妻子还对我讲:"前几天他还说好长时间没去你们那儿了,要抽空到你们那看看,谁知这么快……"

这样的友人,这样交往了半辈子而又相信、相知的友人,这种纯真而无羁绊的友谊,今生不会再有。

有两句歌词常在心头萦绕,"……天之涯,地之角。知交半零落……""……谁人与我同醉,相知年年岁岁……"

感恩提示
gan en ti shi

有种友谊天长地久,有种友谊永世难忘。一朝拥有当弥足珍惜,一旦逝去将遗恨千年。读着《这样的友人今生不会再有》,心有着一种淡淡的感动。作者与丹青梅竹马,按常理说,随着岁月的流逝发展的应当是爱情,而非纯洁如洗的友谊。但他们的故事并没有向我们想象的方向发展,他和她竟然成了哥们。呵,谁说男女之间没有真挚的友谊呢?《这样的友人今生不会再有》就是明证。相爱不如相知,男女之间的相知尤为难得。

虽然丹与"我"未曾相爱,但"我们"之间的友谊已胜过相爱千万倍。"只要遇到一起,永远用不着找话题,随便从任何一句话开始,都可以聊下去。不仅无所不谈,而且无所顾忌,不用斟酌,不用戒备,非常随心,非常放松。既说自己得意的事,也说自个儿的丑事,说出自己的所思所想,对方能理解,说出自己的内心秘密,对方会守口如瓶。有时分享快乐,有时述说苦恼。"读着这样的句子,我动容了。我知道这是一种超越爱情的情感,是人与人交往的最高境界。难怪作者这样珍惜,他写道:"这样的友人,这样交往了半辈子而又相信、相知的友人,这种纯真而无羁绊的友谊,今生不会再有。"是的,这样的友谊实在难得,如果拥有,我们理应好好珍惜。

友谊能让心鸟携爱飞翔,鸣响苍穹,充满寂冷的世界。于是有两句歌词常在心头萦绕,"天之涯,地之角,知交半零落"、"谁与我相醉,相知年年岁岁……"在这个世界中,谁能是谁的谁。这样纯洁的友谊,实在值得我们向往。

(欧积德)

第三辑
友谊的香气

　　每当我看到那些关心、鼓励,内心有说不出的感动与温暖。我想到这份关怀竟来自一位素昧平生的朋友,我的眼睛常常会湿润起来,有些泪温暖了我的灵魂。而他不是我的家人,也不是我的亲人,谁能说这个人世间没有真?没有善?谁又能说天地间没有情呢?曾经看过一个寓言,里面有一句话让我记忆很深:忘掉批评过你的朋友,对帮助过你的朋友要永远记在心里。我想,是的,张爱玲说,因为懂得,所以慈悲。在这茫茫人海中,在物欲横流的纷扰世界中,这份真诚关爱之情让人倍感珍惜,让人难以忘怀。

风，在同桌的你的生日前夕，特向你倾诉一下我的心声，有些话，还是首次向你披露的呢！

给风的一封信

◆文/李 恒

风：

　　昨天翻开日历，猛然想起你的生日快到了，一股思念之情油然而生，催我给你写下这封书信。

　　风，你知道吗，现在家乡的夏天已经来到了。我写信的时候，一缕缕调皮的暖风从窗外时不时地吹进屋里，一不注意，就吹落了信纸，像一个顽皮的孩子，搅着你，又叫你喜欢。我索性把窗户开大，任它吹来，在一阵阵暖暖的痒痒的感觉中，我思念你的感情可以更加真切实在。因为我清楚地记得：我们第一次见面，你向我吹来的就是这调皮的暖风。

　　初二的那一天，我早早地来到教室，坐在座位上哼唱着《同桌的你》："明天你是否会想起，昨天你写的日记……"想象着新同桌的美丽形象；她一定很温柔，有一双会说话的大眼睛……

　　随着一声脆生生的"报告"，一个卷发黑黑皮肤的男生站到了门口，班主任朝他一点头，指着我的旁边说："你就坐这儿！"我眼前一黑，差点儿从凳子上摔下来。这个黑小子(你)就是我恭候几天的新同桌吗？请你不要生气，当时我真是这样想的。

　　你笑嘻嘻地坐到了我的旁边，也不管我什么心情，开口就报你的大名："嗨！我叫齐风，大风的风。你叫什么名字？"一张嘴，露出了两颗长得调皮的虎牙，再仔细一打量，完完全全一头卷毛，这下好了，班上要是表演节目，让这小子扮演黑人角色，都不用化妆！我不爱说话，你好像一点儿不在乎，继续说个不停："我这个名字呀，妈妈说不好，爸爸却说好，国有国风，军有军风，家有家风，人有人风……""什么？还有人风？新鲜。""对呀，人的秉性，人的志趣，人的努力方向，都可以用风来代表。这都是我爸爸说的。"听到这里，我那股沮丧、失望的感情已经减少一多半了。

　　上课了，你闭上了嘴，手却出动了，我的东西都成了你的"玩具"，活生生一个多动症,搅得我都听不好课了。

"李恒,你来回答一下!"天哪,老师问的什么我都没听见,我窘迫地站了起来。"等于98!"你轻声地援助我。想不到这小子还挺乐于助人,我感激至极。当我说出98这个答案后,教室里立刻发出一片议论声:"咦?怎么会是98呢,明明是2x2嘛!"紧接着是哄堂大笑,窘得我头垂得低低的。嘿!你竟探过头来冲我挤眉弄眼。若不是在上课,我非好好揍你一顿不可!

下课了,你急忙向我赔不是:"谁让我叫风了,这是开心的风,'不刮不成交的风'!"

一股暖风从窗外吹到教室里,吹到身上,痒痒的暖暖的,就和现在的风一样。我们就这样成了好同桌、好朋友。从那天开始,你就时不时地向我吹来各种各样的风,有顽皮的夏风,还有善解人意的春风……

你还记得吧,一次物理月考成绩发下来,最擅长物理的我,竟然不及格,我沮丧地躲到校园的一片小树林里低头哭了起来。忽然,一阵充满感情的口哨声随风飘到耳边,那是《水手》的旋律,令人感动,令人振作,抬头一看你已歪在一旁,用心地吹着,一双眼睛盯着我,流露出无声的话语。那水手的旋律,像鼓满风帆的春风,吹走了我心头的沮丧,吹干了我脸上的眼泪,你看见我笑了,就走上前揍了我一拳:"这点儿小事就流泪,算什么男子汉!"

春风啊,善解人意的春风,催我激扬的春风!虽然你的成绩远远不如我,但从那天起,你却成了我心中的榜样,男子汉的榜样。

在我们之间吹起萧瑟秋风的那一天,我更是永不忘怀。

毕业了,虽然还没有发榜,但是我上高中、你去中专的大势已定,我们要分手了。我们俩靠在江边的栏杆上,月光洒在东去的江水上,波光粼粼,那么好,而你那时却一反常态,只是呆呆地望着江水,一句话也不说。一会儿,你又吹起了口哨,这一次是《同桌的你》,我和着你的口哨,轻轻的哼唱起来:"明天你是否会想起,昨天你写的日记……老师们都已想不起,猜不出问题的你……"一曲终了,我感到眼前一片蒙眬,再看看你,眼睛里分明噙着晶亮的泪珠。虽然是炎热的7月,我却感到一阵阵酸楚的秋风直吹到我的心里!

风,在同桌的你的生日前夕,特向你倾诉一下我的心声,有些话,还是首次向你披露的呢!我衷心地祝愿你向着美好的未来,吹起强劲的东风!我衷心地祝愿你生日快乐!

感恩提示
gan en ti shi

　　虽说天下无不散的筵席,但是,一起笑过哭过的朋友是不会因为时间和空间的转移而忘却的,用心筑成的友谊更不会因为时光的流失而退色。

　　儿时纯真美好的友谊,没有物欲世界锱铢必较的利益冲突,有的只是对视时心灵契合的一笑,如和风一样吹走了我们心灵的尘埃,如细雨一般滋润着我们的心田。和朋友坦诚的相交,会使我们保存着对情谊的执着和虔诚,这种执着和虔诚会使我们的眼睛抹去云翳,会使我们的心境重新豁然开朗。

　　长大以后,当我们跻身于喧嚣的社会,当我们看着身边匆匆来去的过客,当夜深人静我们望着窗外的夜空憩息,回想起儿时的伙伴,我们会怀着一份深深的思念和留恋,也许我们会凝神细品,也许我们会宛然一笑,他们已化为我们的记忆,已成为我们生命中的一部分了。对于他们,我们寄予深切的祝福和祈望。回想起过往的纯真,会让我们也许早已麻木冷漠的童心得以回归。想着儿时的童真烂漫,我们才会反思自己的生活态度,反思自己的生存意识,我们才会懂得,原来不是别人变了,而是自己失去了童真。这时,我们才会敛神静心,也许我们对身边的人和事会有另一种看法。

(黄田英)

·感
·恩
·朋
·友

86

　　她帮助我敞开心扉,去接受朋友的友情;她让我明白了友谊的珍贵与美好。直到那时我才发现自己也能由衷地发出灿烂的笑容。

朋友·友情

◆文/卓　立

　　我出生在一个潦倒的家庭,家庭贫穷以及生活的不愉快,使我变得比我实际年龄要早熟得多。对于许多事情我看得很开,特别是对人与人之间的感情,极端地加以否认。渐渐地我变得孤僻,不苟言笑。当同龄的孩子玩得很尽兴时,我总是一个人抱着书本,低头思考,从未想过加入到她们中间去一同欢笑。于是我开始喜欢书本,觉得只有在书本中,我才能将自己想象成其中的一员,与故事中的人物一块儿生活一同欢笑。慢慢地我更加远离了人群,远离了朋友,只有投身于各种各样的故事中,才变得不亦乐乎。没有人注意过我,也没有人是我的朋友。在学校里,我总是显得与众不同,同学们都怕我,而我也不愿去与她们一块嬉戏。我有我的书本,我有我的学业,从小学开始,我就对自己说,我长大了以后一定要有出息,只有这样,我才能远离父母,远离家庭。这样我就再也不用受妈妈的气啦。就在这种动力下,我以优异的成绩升入了全县最好的中学。

高一的生活在我的记忆中是最美好的,记得刚入高中,大家都很快乐,无忧无虑。因为高考还早,又没有考试逼着我们非得努力学习不可,所以大家好像只知道玩,成天乐呵呵的,一下课大家便三五成群地到室外去玩。就在这时我认识了一个叫敏的女孩,敏是一个活泼好动的女孩,是我们班上的"大姐大"。因为女生都喜欢跟着她出去玩。而我却远离了这些欢乐,显得安静寂寞。

突然有一天下课后,敏跟我说放学后等她,她有话要跟我说。于是放学后她带我到江边,看着河中穿梭的船只,她对我说:人的生活就像在河中航行,有风平浪静,春风得意时,也有遭遇暗礁,人生失意时。因此对待每一个你生命中的过客都应愉快相处,只有这样才能与别的船只共同开拓前进。否则"孤独的船只"只会被暗礁吞噬而无法自救的。听完她说的话,我的眼睛亮晶晶的,我知道当时我的眼中一定有泪,我没想到一个十四五岁的女孩居然能说出这番大彻大悟的话语,她令我惭愧,也令我敬佩。从此我跟敏成了好朋友。她帮助我敞开心扉,去接受朋友的友情;她让我明白了友谊的珍贵与美好。直到那时我才发现自己也能由衷地发出灿烂的笑容。直到今天,与敏一起度过的日子仍是我心中最珍贵的记忆。高二时敏转学走了,如今的她已不知身在何方,但在我的心目中,她是我永远的大姐,永远的恩人。她让我第一次拥有了真正的、发自内心的笑容。

真心地谢谢你,敏,你在他乡还好吗?

感恩提示
gan en ti shi

"人的生活就像在河中航行,有风平浪静,春风得意时,也有遭遇暗礁,人生失意时。因此对待每一个你生命中的过客都应愉快相处,只有这样才能与别的船只共同开拓前进。否则'孤独的船只'只会被暗礁吞噬而无法自救的。"这是《朋友·友情》中的句子,也是其带给我最大的感悟。

人与人的感情之间有着很微妙的关系,既复杂又多变,正如友情。文中的"我"因为家庭生活方面不如意,对友情失去了信心。幸好在"我"的人生旅途上出现了一个叫敏的女孩,她对"我"充当了大姐大的角色。她给"我"以鼓励与支持,在她的影响之下,"我"终于看到生命露出的笑容,勇敢地面对生活,面对世界。这篇文章告诉我们友情是动力,是一种信任,是真挚的情谊。敏这个大姐形象是一个典型的形象,生活中虽然不缺少,但不多。所以一旦遇上,真应好好珍惜。

　　我很欣赏敏那种推心置腹的真友情,没有虚伪,没有欺诈,那发自内心的话语,点燃了文中主人公对生活、友情的希望。友情如花,要想在生命的旅途上开出美丽的笑之花,那就珍惜你身边的朋友吧。

(欧积德)

　　虽然女儿制作的这些贺卡比起书店和小摊上出售的贺卡逊色多了,但在我的心里,它们却是世界上最漂亮最精美的贺卡。因为,在这小小的贺卡里,有女儿对同学的一片友情和爱心。

小小贺卡一片友情

◆文/湛 蓝

·感
·恩
·朋
·友

88

　　下午,女儿放学回到家,从书包里取出一张精美的贺卡,说是同学玫玫送的。

　　吃罢晚饭,女儿弹完钢琴,便坐在小桌旁,拿出一些旧图书剪来剪去。我问女儿剪纸做什么?女儿回答我,准备做贺卡送给同学。没想到女儿有这番心意,我便忙不迭地从墙上取下旧挂历,裁成一张张贺卡大小的纸片,然后坐下来帮助女儿剪纸。不一会儿工夫,做贺卡需要的材料都准备好了。这时,女儿一本正经地对我说:"不要妈妈帮忙了,我自己做。"瞧她一副执拗的样子,我只好闲坐在一旁。

　　女儿先将一张纸片一折两面,然后,把一只公鸡贴在纸片的扉页,再在封面中间处剪个方洞,一只神气活现的大公鸡便跃然纸上。尔后,女儿又用彩笔在洞口处勾圈花边;右上方画个红彤彤的太阳;左下方描几朵小花,画几棵小草,一张贺卡就这样完成了。女儿拿起贺卡仔细欣赏一番,然后对我说:"妈妈,这张大公鸡送给筱筱。""为什么要送给筱筱呢?""筱筱在我们班学习最好,我希望她以后学习更好,就像这只大公鸡一样更加神气。"女儿说完,拿起彩笔在扉页内,工工整整地写下:"祝筱筱国庆节快乐!"八个大字。

　　放下笔,女儿又忙着制作下一张贺卡。我闲着无事,便坐在女儿身旁,一边看书,一边欣赏着女儿的劳作。时间过得真快,墙上的挂钟敲响了十下,为了不影响女儿明天的学习,我催促女儿尽早休息,剩下的明晚再接着做,可女儿却执意要做完以后才睡觉。10点半钟,十张贺卡终于完成了。

　　女儿得意地把她的杰作递给我,并一张一张地向我讲解:"媛媛文静、漂亮,这张鲜花夺目的贺卡送给她,媛媛肯定会喜欢;甜甜胆子小、温顺,就像这张贺卡上的小白兔;这张贺卡上,一对小鸡和小鸭手拉手,漫步在青草地,就像我和婷婷一样是对好朋友;毅毅长得又高又酷,多像这张贺卡上的骏马……"最让我喜欢的是女儿送给南南的那张贺卡:白云下几只小鸟在天空中翱翔,草丛中几朵小花儿竞相开放;左边有只顽皮的小猴,手里捧着一个又大又红的蜜桃;右边还有只憨态可掬的小猫,身后藏有几个小桃。女儿指着小猴说:"南南是我们班的小精豆儿,又聪明,又活泼,就像这只小猴。"她又指指那只笑眯眯的小猫说:"这是我,小猫把小猴的桃子藏起来,小猴还没发现。"多么有趣的童话,我不由得哈哈大笑起来。

　　望着女儿兴高采烈的样儿,我心中充满了喜悦。虽然女儿制作的这些贺卡比起书店和小摊上出售的贺卡逊色多了,但在我的心里,它们却是世界上最漂亮最精美的贺卡。因为,在这小小的贺卡里,有女儿对同学的一片友情和爱心。

 **感恩提示**
gan en ti shi

　　随着物质生活水平的提高,物质之流不断地冲击着人的心灵,使人们不知不觉地就臣服在物质面前,很多人(甚至很多孩子)都难逃此劫。文中的孩子能保持一颗如此纯真的心,保留一份如此纯真的友情,实在是难能可贵。

　　"时间就是金钱"这句话正被越来越多的人奉为至理名言,现在快节奏的生活中很少有人有闲情去自己制作卡片。即便有时间,大多数人还是会购买现成的礼物,这样更显得大方气派。但殊不知自己动手制作的卡片才是真正的无价之宝,因为这贺卡上凝聚了制作人的点点真情、滴滴真意、声声祝愿,这些情意闪烁着金子般的光辉,不管物质之流怎样淘洗,它永远都是如此的光灿夺目!

　　看完文章,心里有一股暖流缓缓流淌,为孩子这颗美好的心灵,为孩子这种平实而伟大的举动。通常,我们以为成年人可以教育孩子,但实际上,孩子们的幼稚天真,却可以成为成年人的指南。面对孩子纯真无邪的举动,我们是否该低头反思呢?

(谭清燕)

我 的 朋 友

◆文/云 赟

　　人的一生会结识无数个朋友,但至交却不是很多,如果一直到老依然是过命的朋友那就更没有几个了。我很希望有这样的朋友,但是由于接触人的机会少,或者说是我这个人一般属于导电很慢的导体,见过几次面的人对我留下的印象不是太深的缘故,每每都是和朋友的朋友一起出去玩,过几天朋友和朋友没什么来往,而我却和朋友的朋友打得火热。

　　如果把自己的朋友盘点一下,还真是不少,主要是儿时住在门口的邻居家的同龄人。那时,我家住在一个城市边缘的一个小乡镇,房子是房产的平房,我们这条街上一共住了二十多户人家,房子的形状如同英文大写字母L,而我家就住在横线的拐角处。这二十几户人家中,和我年龄相仿的伙伴有十几个,每当放学或星期日,我们常常在一起玩,或一起跳皮筋、或一起过家家、或一起写作业……如果把他们称之为朋友的话,如今已经随着时间的推移,早已忘了他们的模样。但是住在我家房子后面的一位朋友,也是我中学的同班同学,却一直还有来往而且是我的至交,尽管我家搬进市内也有二十几年了,小镇也变了模样,小镇的人也有许多换了面孔,但是,我和房后的朋友却一直没有互相忘记,直到现在,我们仍是最好的朋友,她也早已随丈夫一起搬出了小镇,去了离小镇更远的另一个城市,我们一年也难得见上一面,时常打电话联系。特别是她父母相继死于意外,就更把我当成了她的亲姐姐,有什么烦心的事情,就找我聊一聊,我们的关系如此地好,连她的丈夫都羡慕不已,常常说:"你们真够奇怪的,没有共同的爱好,没有相同的性格,真是想不通你们能成为这么好的朋友!"他也就不把我当外人了。一天,是朋友母亲的祭日,她又一个人在异地他乡,感到孤独和失落,晚上在家里喝了些红酒,结果喝多了,然后,她就嚎啕大哭,她老公怎么劝也没有用,于是她老公就给我打了电话,让我和她说说话,她在电话里边哭边向我诉说她的苦闷,10分钟过去了,她说:"和你说完了,我舒服多了,不知道怎么了,就想家,可是家里却没有别人了。"我说:"以后就把我这里当成你家吧!有什么事情就来找我。"从此以后,朋友常常来个电话,讲讲家里的事情,说说孩子的情况,虽然是相隔几百公里,但是,彼此的情况却常常沟通。前几年,我和另一个朋友(文中会提到)携子去她所在的城市去旅游,她一家把房子腾出来给我们住,他们去了北京的亲戚家,我们在那地方玩了四天,他们在外地住了五天,很放心地将房子交给了我们,我们在那个城市,直到走也没看见他们一家人,只是她老公的同事来给送钥匙以及给我们联系旅游景点事宜。

如果说这位朋友,是我的莫逆之交的话,另一个朋友就如同家人一般。和她相识之初,是因为她是我同学,而且她坐在我的后面。我们经常在一起,有了默契,有时一个眼神,一个动作,一挥手就知道对方要做什么。毕业以后有一年我们断了联系,但是,有一次去我弟弟的单位找他,却意外地看见了我的这位朋友,从此之后,我们就加强联系,特别是这十年中,她家也搬到我居住的城市,我们的联系就更频繁了。我常常没有时间给孩子买衣服和物品,每次都是她领着我的孩子去买,有时,她干脆就一次买两件,给她孩子一件,给我孩子一件。她的孩子需要找家教补课,就告诉我,由我去找。她在药店工作,每次我孩子病了,总是打电话问她该给孩子用什么药,她做饭时,来电话问我红烧肉如何烧制。我需要买衣服,却没有时间去逛街,就让她先去逛,看好后,通知我在什么地方,直接去买。她对现代化产品,一点儿都不感兴趣,甚至连手机发个短信都不会,电脑就更不会用了,我常常调侃地说:"像我这么聪明的人,怎么会有你这么笨的朋友啊!"她一点儿都不生气地说:"只有我这么笨,才衬托出你的聪明。"但是,她对买服装的品位却是很有眼光的,每次我给孩子买的衣服,孩子一般都看不中,而她给我孩子买的衣服,我的孩子却很喜欢。在我的建议下,我们这几年还常常结伴去旅游,几乎每年一次,去大连玩了四天,我说不许带"男家属",我们的老公只好一个人独守空房。今年,我们去宽甸玩了两天半,让带"男家属",她老公充当司机,我老公充当摄影师,我俩的老公都委屈地说:"这是用得着咱们了,否则,旅游还是不带咱们。"我们的孩子也因为我和她之间的友谊,而变成为好朋友,常常在一起学习,一起玩。我孩子经常说她有眼光,喜欢和她在一起,她孩子经常说我现代,愿意和我在一起,我就说,那就换一换吧!孩子们就笑了,她就说:"孩子可以换着养,只有老公不能换。"

我们俩的个性是截然不同,我们俩的观点也常常出现分歧,但是,这一点儿也不影响我们成为朋友。现在,我们俩的电话是联网的,我们的老公都不和我们联网,只有我们俩是联网的,这样方便我们聊天,我们常常一聊就是一两个小时,说家庭、说孩子、说老公、说婆家、说娘家。她家里的那点儿事,我了如指掌;我家里的情况,她如数家珍。

这就是我的两个朋友。对朋友，我有说不完的话，对朋友，我有表达不了的情。我很珍惜朋友之间的友谊！朋友如同我的亲人，甚至在某种意义上来讲，要远远地胜过我的亲人。和朋友之间，不会有利益上的纷争；和朋友之间，不会有财产上的纠缠；和朋友之间，不用考虑谁在欺骗谁；和朋友之间，不用顾及自己的言行。所以，我说，朋友的感情是最纯真的！

感恩提示
gan en ti shi

　　"恋人可以分手，夫妻可以离异，而相互了解、彼此关怀的朋友却永远是心中温暖的角落。"爱情可以转瞬即逝，亲情也可能会戛然而止，而唯有纯真的友情会永恒不变。如文中作者所说的："和朋友之间，不会有利益上的纷争；和朋友之间，不会有财产上的纠缠；和朋友之间，不用考虑谁在欺骗谁；和朋友之间，不用顾及自己的言行。"正因为和朋友之间，少了利益的冲突，少了世俗的干扰，多了情感的理解和心灵的契合，多了"有福同享，有难同当"的拳拳真情，就使得朋友之间的情更纯更深，心更紧更密。金子一定会有用完的时候，人也一定有死的时候，但真切纯洁的友情就像永不停歇的甘泉，让你生活有多长，回忆就有多久。

　　朋友不在于多，而在于真，正所谓"人生得一知己足矣"，但千金易得，知己难求，能在茫茫人海里遇上自己的知己，是一件非常幸运又幸福的事，所以如果你遇到了，请你千万千万要好好珍惜这来之不易的幸福。

（谭清燕）

　　一种甜蜜的宁静笼罩着我，像在给我祝福，我心里又燃起了希望。我甚至可以毫不畏惧地打开那一叠账单了。

圣诞节的奇迹

◆文/[美]杰克·汉森

　　对我们许多人来说，总有某一个圣诞节因为我们充分感受到这一天的意义而显得格外难忘。我自己的"最真实"的圣诞节发生在我一生中最为凄凉的那一年。

　　话得从春季的一个雨天说起,二十多岁的我,刚刚离婚,没有工作,正再一次赶往市中心的求职处。我没带伞,旧伞已经破损,而新的又买不起。我在有轨电车里坐下来,发现座位边有一把漂亮的丝质伞,银把手上面还镶嵌着金子和亮丽的小片珐琅。我从没见过这么漂亮的东西。

　　我查看了把手,发现在金色的漩涡状花纹中刻着一个名字。

　　在这种情况下,人们通常的做法是把伞交给售票员,但我一时冲动决定把伞留着,自己去找失主。我在倾盆大雨中下了车,感激不尽地打开那把伞遮雨。随后我在电话簿里查找伞上的名字,确有其人。我打了个电话,接电话的是一位女士。

　　是的,她诧异地说那是她的伞,那是她已故的双亲送给她的生日礼物。但是她补充说,伞在一年多以前被人从学校的柜子里偷走了(她是个教师)。我听出她很激动,我竟忘了自己还在找工作,直接到她家去了。她热泪盈眶地接过伞。

　　那位老师要给我酬金,尽管我当时身边一共也不过20元钱,可看到她找回这件特别之物时的巨大幸福时,接受她的钱无疑会破坏这种感觉。我们聊了一会儿。我很可能留下了我的地址。我记不得了。

　　接下来的半年里我的境况很凄凉。我设法四处打点儿零工,挣些微薄的薪水。但我尽可能每个月存25美分或50美分以备给小女儿买圣诞礼物。就在圣诞节的前一天,我又失去了工作。30元的房租很快就到期了,而我一共只有15元——这是佩吉和我的生活费。她从女修道院办的寄宿学校回来了,十分激动地等着第二天的礼物,那是我早就买好了的。我给她买了一棵小树,我们打算晚上再装饰。

　　我下了电车一路走回家,空中弥漫着圣诞节的欢乐气氛。铃儿丁当响着,孩子们在寒风刺骨的黄昏里叫喊着;四周是万家灯火,人们在奔跑着,欢笑着。但我知道,对我来说,将没有圣诞节可言,没有礼物,没有怀念,什么都没有。处在人生低谷的我在暴风雪中艰难地行走着。除非奇迹出现,要不我在1月份便将无家可归,没有食物,也没有工作。我已经坚持祈祷了好几个星期,但没有任何回应,只有寒冷、黑暗、刺骨的风,还有那种被遗弃的痛苦。上帝和人类都把我完全遗忘了。我感到自己那么无力,那么孤独。我们的命运将如何呢?

　　回到家我打开邮箱,只有一把账单,还有两个白色的信封,里面肯定装的也是账单。我爬上三层积满灰尘的楼梯,禁不住凄然泪下,单薄的衣衫冻得我直打哆嗦。但我擦擦眼泪,强挤出笑容,要让自己在女儿面前露出喜悦之情。她打开门,直扑我的怀抱,欣喜地喊叫着要马上装饰圣诞树。

　　佩吉已自豪地支好了桌子,摆上盘子和三个罐头,这就是我们的晚餐。不知道为什么,当我看着那些盘子和罐头时,我心痛欲碎。明天的圣诞晚餐我们将只有汉堡包。我站立在又冷又窄小的厨房里,满腹悲伤。有生以来我第一次怀疑仁慈上帝的存在,心里比冰雪还要冷。

　　这时门铃响了,佩吉一边飞奔着去开门,一边叫着一定是圣诞老人。随后我听到一个人与佩吉在热情交谈,便走了过去。他是邮递员,抱着好几个包裹。"这弄错了吧。"我说,但他念出包裹上的名字,确实是给我的,他走后,我吃惊地盯着这些盒子。佩吉和我在地板上坐下来,把包裹打开。一个大大的娃娃,有我给她买的娃娃三倍大,还有手套、糖果和漂亮的皮夹子!难以置信!我找出了寄送者的名字,是那个教师,上面只简单地写着"加利福尼亚",她已经搬到那儿去了。

　　那天的晚饭是我吃过的最可口的晚饭。我忘了还得交房租,忘了兜里只有15元钱,忘了自己还没有工作。我和孩子边吃边幸福地欢笑着。饭后我们装饰小圣诞树,装饰得那么漂亮。以至我们自己都惊奇不已。我安置好佩吉睡觉,将她的礼物放在圣诞树的周围。一种甜蜜的宁静笼罩着我,像在给我祝福,我心里又燃起了希望。我甚至可以毫不畏惧地打开那一叠账单了。

感恩提示
gan en ti shi

　　也许生活太无情了,在"我"最为凄凉的那一年,"我"刚刚离婚,没有工作,带着女儿艰苦地度日。但在"我"无奈得近乎麻木的时候,却惊喜地收到一份精美的圣诞礼物。半年前"我"送还那把伞是出于道义,拒收酬金是出于感动,"我"为失主的感恩而感动。想不到在"我"对生活失去信心的时候,那把伞的主人给"我"送来了圣诞节的惊喜,在"我"心中重燃了希望之火,使"我"能够勇敢地面对生活的磨难和坎坷。

　　人生不如意之事十有八九,也许你失去了本应属于你的幸福和快乐,也许你会觉得上帝没有眷顾你,也许在人生的低谷里你孤苦无助,但即使生活将你折磨得失去了知觉,但她并没有遗弃你,在你最无能为力最委屈的时候,上天给你送来了一份意外的礼物,如同一束温暖的阳光抚慰着你千疮百孔的心灵,给了你信心和勇气,实际上那是因为你并没有遗弃生活啊,你把伞送还给失主而且不求回报的时候,上帝就一直在暗中保护着你。也许经过这次的苦难之后,你会用对生活的爱心和信心战胜随之而来的种种困难。在历经了人生的洗礼之后,你会更加坚强,更加成熟,你会得到生活给你的圆融丰满的馈赠,而且更了解生活的内涵、生命的意蕴。

(黄田英)

人生仿佛一场戏，所有的一切都是过眼云烟，在这个世界上，除了亲情，只有友情会陪着我们前行，陪着我们越过一道道坎，转过一次次弯……

一服药的友情

◆文/红树枝

近来总是远离，与朋友相聚甚少。这次回到南阳，接一女友电话，说想我了，想在一起说说话。那个下午，我忙完了所有的事，开车去接她，我们穿越城市林林总总的繁华与忙碌，来到远离都市喧嚣的白河岸边。

掀开竹制的帘子，在一个四周用纱幔围起的小房子里坐了下来。薄薄的透亮的轻纱遮挡了蚊蝇的嗡扰，连可爱的小小的蝴蝶也阻在了纱外。轻风徐来，带来拂过青草的微微的香，和掠过水面的淡淡的腥，一面是绿树掩映，一面是湖水微澜，这自然的神韵令我们从半生尘梦里逃离出来的心肺，贪婪地、深深地吸一口气，一切尽在心旷神怡中了。

要了两瓶绿茶，我们隔了石桌相对而坐，女人间的话题便风起云涌。

我们谈到了彼此的近况，谈到家庭和孩子，谈到遭遇爱情的无措与隐忍，谈到论坛里我们认可的一些人的文字，谈到秋天来临时，相约一起背上帐篷和背包南下去做一次长长的旅行……没想到女友话题一转：你知道吗，那次和你一起去给油田的关送药的事，让我一辈子都觉得难忘，没想到一服药里的友情，成了我能想到最感动的事。

我蓦然记起，那天的大雾，我笑：那样的事，你还记得啊？我早已忘了。

那是去年，远在油田的朋友关在 QQ 里告诉我，他晚上骑摩托回家，不小心驶上了盖房用的砖块，摔着了，肋间的骨骼跳着疼，连呼吸都觉得疼。我劝他去买点儿药吃，我说，这是肋间神经受到外力在作怪，因为正好我因一次小小的失误也经历了这样的疼，当时以为挺一挺就过去了，延续了一个月，仍不自愈，便去门口的小诊所里，包了 5 元钱的药，没想到一下就止住了疼。关却坚持说，不碍事，忍一忍就过去了。

我想象着那样的疼，仿佛疼在自己身上。我想就算他去看病，未必被医生找到症结所在，没准又要例行地透视呀拍片呀什么的做一系列浪费的检查。于是我想，既然同样的病痛，我已药到病除，不如去把我吃的药买了来，给他送去。当时已是晚上10点，为了不影响第二天的工作，我决定一大早去给朋友送药，我顺便又打电话给我的这位女友，约她和我一起去，我不大习惯一个人开车远行。

第二天一大早，我早早地在诊所等候医生上班，包好了5元钱的药，接了女友，直奔油田。没想到出了城，过了收费站，汽车一头钻入迷天大雾之中，前方的能见度连10米都不到。我打开雾灯，在迷雾中竭力分辨路况，这之前很少去油田，对路况也不太熟悉，更怕错过下了国道拐向油田的十字路口，那可就惨了。从来没开过这样辛苦的车，我的神经高度紧张，密切注视着雾中时隐时现的路标和对面驶过的大小车辆。从南阳到油田，若在晴好天气里40分钟的车程，我们在雾中足足爬行了两个小时。打电话让朋友等在小区门口接药时，朋友很吃惊，感动之情难以言表，我只轻描淡写地骗他说，正好有朋友来油田办点儿小事，就顺便把药给你送来了。由于路上耽误的时间，我们把药交给朋友，就尽快往回赶，回程时，雾散淡了不少，想到朋友吃了药，很快就能止住疼，心里便像那钻出雾霭的太阳的光亮一般，灿灿的、暖暖的。

之后朋友关给我发来信息：其实，我拿到你的药时，什么都好了。第一次受这么温暖的伤。我淡淡地回复：我倒没想那么多，只是想尽我的所能，尽快解除朋友的苦痛。没想到时隔一年后的今天，女友又一次提起这件往事，在当时她陪着我往返，都没说这样的话，今天这是怎么了？

是因为有你这样的朋友，真的很幸运，在心中，我一直都没能忘怀那次陪你送药的经历。女友接着说：那样远的路程，那样浓的大雾，那样廉价的药，那样贵重的心情……呵呵，我笑了，我对女友说，换了是你，或者别的朋友，我都会那样去做。所谓君子之交淡如水，朋友义气重如山，为什么不去向朋友伸出援助的手呢，在他(她)需要的时候？而我自己这一路走来，也正是因为有了你们这些朋友的关爱和陪伴，有了来自于朋友的点点滴滴的感动与温暖，才不觉得乏味和孤单。我也深深知道，人生仿佛一场戏，所有的一切都是过眼云烟，在这个世界上，除了亲情，只有友情会陪着我们前行，陪着我们越过一道道坎，转过一次次弯……

我没想到，区区5元钱的一服药，感动了两个朋友的一生，也因此温润了今天的我，那些贫乏的日子里，那样一颗渴望和珍惜纯真友谊、向往真善美的心。

友谊，地久天长。

感恩提示
gan en ti shi

友谊的最可贵之处不在于锦上添花,而在于雪中送炭。本文描写了两个友人之间对话,谈到一次送药经历时所发出的感慨。送药一事对于作者来说不值一提,但却成了作者的两位友人最感动的一件事。这件细微的事情成了表达他们友情的见证,在那样的情况下,这其实是一种雪中送炭的高尚行为。

本文反复强调药的价格是 5 元钱,可以看出这并不是什么贵重药物。可是"千里送鹅毛,礼轻情谊重",这不仅温暖了作者的友人关,而且温暖了每一个读者。作者描写送药过程的不容易,作者在雾天开车,过路费也比药要贵,而且路途遥远,但为了友人不再受痛苦煎熬,作者将药千里迢迢送到油田去,这份深厚的友谊感动了关和女友。

"我蓦然记起,那天的大雾,我笑,这样的事,你还记得啊!我早已忘了。"作者对朋友的关爱和付出不求回报。这种精神更是难能可贵。

文章运用了以小见大的手法,小事虽小,意义却很大。作者为友人送药的一件小事,充分反映了友谊的伟大。是友谊驱使作者千里送药,药的疗效已不重要了,这样一种行动就足够让朋友感动,让自己感动,温暖了别人,同样温暖了自己。施比受更有福,也许这就是这个故事带给我们的最好启示。

(林祥灏)

> 我把碟片插入CD，那首《雨后》又飘了出来。此刻，我的心如止水。我和你是朋友，只是朋友，仅仅是朋友，我们永远是朋友。

飘绕的友情

◆ 文/chatbaby

　　我有一个朋友，只是朋友，仅仅是朋友，这是你说的。你喜欢笑，也喜欢用你的笑去感染身边的每一个人，我是其中之一。你喜欢音乐，现代流行乐坛中，张信哲是你的最爱。

　　我是个矛盾综合体，因此多愁善感，而你是一个孤独的人，尽管你每天都在笑，陪你笑的总有那么大一群人，可我还是看到了你的孤寂，那份淡淡的哀伤。和你谈得多了，也许是同情，也许不是。带着莫名的情愫和你畅谈。我们从未争吵过，要么是想法相同，想法不同的时候，我们都会不约而同的转移话题，总之，我们之间没有争吵和不快。

　　我们从阿哲谈到四大天王，再谈到崔健，然后谈到人生，你无限感慨地说，生命像一叶风浪中的小舟。我知道，你有哀伤了，我无奈地看着你，你的眼里尽是惆怅。偶尔，爱好文学的我也和你谈起中国小说，你不屑地说，中国小说是越来越差。是的，中国小说里面激发人信心的词句很多，总体却很差劲。我赞同地点头，然后，我们沉默。

　　直到现在还弄不懂我和你之间是怎么回事。那天你突然跑来找我，手中拿着CD碟片，脸上洋溢着兴奋的容光，对我大喊："看我给你带来了什么！"我看着你，那是张信哲的最新专辑《信仰》。

　　后来，我们谈得更加愉快了，经常在一起把歌词改掉，自己乱谱曲，或者用阿哲深柔的嗓音去唱崔健的歌，把齐秦的《大约在冬季》改成了《凝结在冬季》，我们肆无忌惮地唱着，感受那美好的人生。

　　再后来，就来了流言。我和你之间似乎渐渐疏远了，不在一起谈阿哲，不在一起谈中国小说，也不乱嘴改歌词，更没有一起唱歌了。甚至，那天你走来告诉我，一字一句地说："我们只是朋友，仅仅是朋友！"然后你转身，然后你模糊在我的视线中。

　　过了好一阵子，有同学告诉我，你生病了，让我去看你。我走进病房时，里面充满了音乐,阿哲的《雨后》飘了出来。你躺在病床上,苍白的脸已失去了往日的笑容。我的眼中含满了泪,话哽在喉咙,没办法出声。你也看着我,什么都没有说,直到最后,你拉住我的手:"我们永远是朋友,对吗?"

我麻木的望着你。

"对吗?"你再问,已开始喘着气。

我无力地点了点头,你笑着睡了,永远地睡了。此刻那首《雨后》因为终于放完了,剩下的是你亲人的哭喊。

走出病房的那一刻,泪水夺眶而出。模糊中听见医生在说:"奇迹,他多活了半年的时间。"

几天后,收到一个包裹,打开看,全是阿哲的CD碟片,上面有个纸条,歪斜地写着你的字迹:送给我的朋友。

我把碟片插入CD,那首《雨后》又飘了出来。此刻,我的心如止水。我和你是朋友,只是朋友,仅仅是朋友,我们永远是朋友。

感恩提示
gan en ti shi

朋友是什么?《雨后》有一句歌词是这样写的——在落单的时候,朋友多么暖人心窝,回忆里,你陪我一程,这份情永留我心中。是的,朋友会暖人心窝,朋友会永留心中。

这篇文章用忧郁的文字,写作者与"他"的友谊,一对朋友一起谈阿哲、谈中国小说、一起乱改歌词、一起唱歌。他们之间的友谊绝不仅是"一起笑"的缘分,更多的是一份理解。文中的他每天都在笑,但作者却看到他的孤寂,看到他的哀伤。他们总能理解对方,谅解对方,就算意见不同,也不会有什么争吵和不快。流言曾使他们疏远,但真正的朋友是不会淡忘的,行为的疏远,不代表心灵的疏远,在他即将离开的那一瞬,他说:"我们永远是朋友,对吗?"在"我"点头之后,他终于睡了,永远地睡了。支撑他多活半年的是什么?我想,就是那份情。"没有爱,多么难走";有了爱,才能走得更快乐,更远。

"我和你是朋友,只是朋友,仅仅是朋友,我们永远是朋友。"是、只是、仅仅是、永远是,看似没有什么关联的词放在一起,却意蕴丰富,让人感动。关于朋友,不同的人有不同的定义,但我认为,朋友就是那份默契,那份理解,还有那份关怀,不仅能在一起微笑,更重要的是能在一起哭泣。

(李燕婷)

每每孤寂落寞的时候，看到手机上她的名字就会感到无比欣慰，常常庆幸自己有了一个超越"诤友、挚友"的好朋友，为己达到"人生得一知己"而偷着乐。

N 大于 8 的友情

◆文/梦里飘雪

想论爱情可她早已成为一个泛滥甚至空洞的话题。

想谈亲情却又害怕给不了她最完美的诠释。

所以我选择说说友情。

我最要好的朋友是婧——一个并不漂亮却极有亲和力的女孩。中学的时候特别羡慕那些持续 N 年的爱情(N 大于 5)，可是事实上身边的"早恋"们都一对对破产。只有友情是最牢固可靠的。我和她的友情就持续了八年了，而且我们的友情犹如汛期的黄河水滔滔不绝。每每孤寂落寞的时候，看到手机上她的名字就会感到无比欣慰，常常庆幸自己有了一个超越"诤友、挚友"的好朋友，为已达到"人生得一知己"而偷着乐。

高中时代，她比我高一级但我们租房住一起。那会儿，我爸妈对我挺严厉的，平常都不让我出去和同学聚餐什么的，可是每次说有她在一起爸妈就不会有半点儿阻挠了，可见她在我们家都是蛮有地位的。

回忆我们的友情中的点点滴滴，高二的时候真是风浪与温馨共存啊。那时她高三每天都是面对教科书、复习资料，为那黑色七月而不断挣扎。而我没有高考的压力相对清闲很多，隔三差五的召集学生干部开开小会，搞些文艺活动、体育比赛什么的，一边学习一边搞活动也还蛮轻松。那时高二的我是不能理解她那高三的生活和心态的，有一天就因为一句话弄得很不愉快。那天，我正和他们筹备高一新生的知识竞赛，我急冲冲地跑到我们的小屋去拿竞赛奖品，见她还在台灯下演算数学，桌上到处都是草稿纸，我忍不住说："哎，我的生活不会像你这么枯燥，即便高三也会是丰富多彩的。"由于时间紧迫我并没有在意她当时那略显奇怪的表情。晚上竞赛结束回去，我兴高采烈地给她讲晚上的趣事她却一声不吭地就睡觉了。当时我的心忽地一凉，不知道怎么会出现这样的局面，也不知道该如何打破这种僵局。那一夜,我想了很多很多,却怎么也不明白为什么她会突然那样冷落我。现在想来依然觉得有她这个朋友很庆幸,因为那事发生的第二天中午她就很坦然地解决了我们间的那个结,告诉了我她生气的缘由,她觉得是我们之间学习生活的差异导致了这场变故,有我的失言也有她的一时赌气。想想看,如果那场变故中人物对换,我肯定做不到如她那般坦然,也不会向她那样换位思考和善解人意。那场变故中我们都倾听了对方的心声,我也学会了换位思考,我们的友情不仅没有被冲淡反而更加牢固了。后来我特地去买了一个电热杯,晚上她开夜车的时候我就熬八宝粥,有的时候也会弄醪糟鸡蛋吃,吃完宵夜她又继续复习。她笑话我成了贤妻良母型,而我觉得我能帮她做的也只有这些简单的事(其实也蛮好玩的)。现在我们回想起来都觉得那会儿特别的温馨,我也为那时能够为她调剂一下烦闷的高三而高兴。后来我上高三的时候,每月一封信成了习惯,她的来信勾起了我对大学的憧憬和向往,也让我在迷失中找到了方向,在低落中找回了自信。那些信我一直都保留着,是我们友情的见证,也是我们花样年华的见证。

很多时候,我们都会戏谑地说:"男朋友不可能一辈子,而好朋友可以一辈子。"拥有一个愤怒时可以骂你、从你的眼神中就能知道你的心事的朋友真的很难得。我不想评价我和她的友谊究竟到了哪个阶段,是怎样的深情厚谊,我只知道我们的友情将随着我们的生命的延续而源远流长。

感恩提示
gan en ti shi

在人的成长旅途中,你会遇到各种各样的人,并和他们结合成不同的关系,如同窗、同事、死党等等。在这之中,有一样应是不能缺少的,那就是文中所说的好朋友。

好朋友不是当你高兴时,他是否和你一同分享,而是在你孤寂落寞、迷失的时候,他始终从心底里鼓励你,支持你。一个眼神,一句话都能让你感到温馨,感到希望,让你找回自信。而当朋友深陷困境时,他也懂得去安慰朋友,鼓励朋友,让好朋友找回自我。

诚然,好朋友也会有矛盾,有发生不快的时候。但曾经的矛盾,往往会成为增进友情的黏合剂。好朋友就是在两人发生矛盾时,大家仍能换位思考,坦诚相待。友谊之花开得更红更艳了。

一个人要是没有好朋友,就没有精神支持他从迷失中走出来,更别说去表现自己的个性,如果一个人的一生是这样度过的,他难道不是白过了吗?

朋友,你的好朋友是谁?

(陈志有)

他们都曾经是我的朋友，和我一起走过纯真的年代，或许我们以后将不再相见，或许相见时已发现友情不再，但是在我的记忆里，他们永远是我的朋友。

我 的 朋 友

◆文/佚 名

"草草杯盘供笑语，昏昏灯火话平生。"

这是王安石诗《示长安君》中的两句，长安君是他的妹妹，但在初读此诗的时候，我还以为这是为友人而作，诗中平淡而真挚自然又亲切的感情让我想起朋友。

我回首往事时在记忆里备感亲切和怀念的人，经常和我联系互相真诚地问候祝福对方的人，虽然不常联系但时不时在心里惦记着牵挂着真心希望他们过得好的人，我遇到开心的事想找人分享或陷入困境需要帮助时想到的人，是我的朋友。

以前的朋友，大部分都只能是记忆里的朋友了，因为我们的生活轨迹有太多的不同，一生中相逢的地方仅有那一段，无论我们是否愿意是否理解，生活总有很多事情在我们的不知不觉中已永远改变。

我小学四年级以前就读的是劲松小学，它建在山野里，在四个并不太相邻的农村之间，四个农村的孩子上学都要走上一两个小时的路。在那里我认识了一个叫蔡民武的朋友，具体感人的事情并没有，反正记得我和他玩得很好，我带他到我家吃过午饭，他分过两毛钱一块的酥饼给我吃，如此而已，但尽管有十几年没有见面了，我仍能想象得出他的形象：眼睛稍小，脸庞瘦瘦的，左边有一块淡淡的疤痕。我小学最好的朋友是陈再强，想起他就会想起一些有趣的事情。五年级暑假两个星期的补课我住在他家，上学就骑他的自行车去，我载他的时候，他坐在后座双脚离地面很近，如果在前面发现了一堆牛粪，我马上就会窃笑起来，因为在我的准确算计下，他总会有一只脚和黏糊糊的牛粪来一次亲密接触。也有一次假期，我带他到我家过了一个星期，天天去挖一种可做药用的小昆虫卖钱，好像挣了五六块，就把他晒得连他妈也认不出来了。和我一起玩学习机上的一种探险游戏时，他的脸颊看起来经常两倍大于平时，气的，因为游戏里的"我"活着时总要"他"来营救，"他"无暇顾及时"我"已经死了。前年回家，我们见过一次，但已完全没有以前的感觉,我们都变了。还有邻村的邹余秒、五年级班主任陈老师的亲戚邓建奋、叫他父亲拜托班主任特意安排和我同桌曾送给我几节电池闹别扭后又要回去的王格望……他们都曾经是我的朋友,和我一起走过纯真的年代,或许我们以后将不再相见,或许相见时已发现友情不再,但是在我的记忆里,他们永远是我的朋友。

现在的朋友,基本上也都是同学,他们常让我感动,也有让我感到有点儿失望的。朋友不多,寥寥可数,逐个数吧。打工几年里,因过于漂泊不定,所以说的上是朋友的只有五个,陈小锋、黄好斌、彭建新、黄勇。和陈小锋可以说是患难之交,两个人的友情是在马路边发宣传单建立起来的,同吃过嚼之无味、弃之饿肚的饭菜,一起捡百事的促销拉环换可乐喝,一人一只耳塞听 8 块钱的收音机……两年前他去番禺后就失去了联系,但我有很强烈的预感我们还会相见。黄好斌他们都是在同一个公司认识的,都比我大 10 岁以上,不知道算不算忘年之交,总之他们当时在公司里拿我当小孩子开玩笑,有时比划比划一下武艺,然后就成了朋友,虽然不在一起做事有一两年了,但每隔一段时间还是会聚一聚、叙一叙的。凑钱给我来深圳打工的同学有:陈智、梁小亚、周国荣、吴宏昌、陈健。这里除陈健我不太确定他是否真的把我当朋友外,其余他们都是我的好朋友,另外还有邓俊、吴余、陈堪贵、庄小丽等人,都是初中或者高中的同学。让我感动的是在我很困难的时候,他们给了我帮助或者精神上的安慰,比如吴余打工后回学校玩时在我的英语课本里偷偷夹上 50 元,比如我来深圳那年他们毫不犹豫地把相当一两个月的伙食费借给我,比如他们那一封封寄来鼓励我支持我的信件……让我失望的是他们之间有几个不思长进的家伙,陈智好赌,吴余得过且过地混日子,陈堪贵曾跟上一些不务正业的人……每次劝告甚至斥骂他们时都说要告别陋习好好生活,但还是不断地看到或听到他们一些不争气的行为。所以生气,也失望,又有点儿无奈,因为自己也没取得什么人生成就,连个榜样也不能在他们面前树立,更别说真正改变他们了。

两瓶啤酒,自己在出租屋里炒几个小菜或者小餐厅里的两份小炒(快餐也行),没有礼节,不用客套,酒倒进杯里就喝,菜上到桌面就吃,我招待朋友就是这样简单,我更喜欢朋友这样来招待我,我想这就是我看到“草草杯盘供笑语”就想起了朋友的原因吧。

我的朋友的确不多,也都很普通平凡,但能拥有他们,我已满足,也很感荣幸。

103

感恩提示
gan en ti shi

　　人的一生总会遇到这样一些人,他或她曾经陪你走过一段路,他或她曾经给予你欢笑,给予你帮助,也许他或她早已远离,甚至音讯全无,但你永远不会忘记他们,因为他们曾经是你的朋友,不管现在这份友谊是否存在,但在你的记忆里,你们之间的友谊,早已"永恒"。

　　文中用平淡的语言和平凡的事例,记载了作者在成长中各色各样的朋友。有儿时的玩伴,大家一起挖小昆虫赚钱,一起玩学习机中的游戏,一起欢笑。有一起共患难、相互帮助的朋友,同吃嚼之无味、弃之饿肚的饭菜,一起捡百事的促销拉环换可乐喝。许多人都会遇到这样的朋友,不管他是不是赌徒,是不是不务正业,但他对你的友谊是"真"的,你会生气、失望、无奈,但你永远不会放弃他,因为你们是朋友,在你的记忆中,早印满了他的好、他的情。

　　朋友是一笔无价的财富,尽管他们普通平凡,但能拥有他们,就是最大的幸运。

　　生活总有许多事在不知不觉地改变,以前的朋友已远离,现在的朋友也会成为过去,许多年后,或许不再相见,抑或相见时已发现时过境迁,但永恒的友谊早在记忆里。

(李燕婷)

·感
·恩
·朋
·友

104

　　　　螺蛳,我们友谊的见证。我们不需要太多的承诺,也不需要太多的誓言,我们需要的是实实在在的关心和爱。

螺蛳——见证我们的友情

◆文/佚 名

　　记得冬日的每天晚上,我和好友秋吟总喜欢手牵着手,有说有笑地从宿舍的8楼慢悠悠地走到对面宿舍底楼的一个小吃店吃螺蛳。感觉螺蛳在手中的温度,看着螺蛳的烟氲和口中呼出的白气融为一体,感觉幸福就是这么简单。友情也就在这种暖暖的温情中升华了……

秋吟是我大学里最好的朋友。没认识她之前，没想到会和她成为好朋友，刚见到她是总觉得她一副高傲得看不起人的样子，尤其觉得好像看不顺我的样子。而我自己向来也有一个怪癖，也不睬瞧不起我的人。因为两个人的相抵触，我们的话不多，虽然我们同一个宿舍同一个班。

来到大学，没有一个以前认识的好朋友，所以一直都觉得很孤单，很想找个朋友依赖一下。本来一个在同一个班同一个宿舍的人是最好的选择，可是偏偏她这样……而我，又那样……一切都没进展，一切还是无言以对……

一天，很偶然的，我们几乎同时发现我们用的东西有很大的相似之处，尤其是洗刷用品，从牌子到款式都是一样的。我们很惊讶，然后相视而笑，似乎觉得这就是缘分，也许真的是物以类聚，我们的心在慢慢靠近……

之后，我们每天都是一起骑车上学，一起骑车回来。一路上，我们的话题也由大众性的转到私密性的。

八月十五日，中秋月圆之夜，也是我们友谊圆满之夜。当天晚上12点，正是赏月的好时间，我们买了很多好吃的东西。来到宿舍底楼的石桌上边吃东西边聊天，聊了很多很多，说家事谈理想，似乎我们之间总有说不完的话题。后来聊到了螺蛳，说它好好吃哦，可惜今天晚上没买到。

好吃的东西总是魅力无穷，而贪吃的人总是难抵诱惑。第二天，口水都要流到脚底了，我们决定去吃螺蛳，一碗不解馋，再来一碗。之后冬日的每一天我们都准时与螺蛳相约，吃出了螺蛳的好味道，也吃出了我们的好友谊。

放假了，我们回到了家，常常短信联系，当然也不忘说说螺蛳的好吃。我们家的螺蛳煮的味道挺不错的，而她却说她们家的不够辣，没什么味道。我就说你来啊，你来我这我就请你吃，呵呵。每次她总是呵呵的说好啊好啊。然后就盼望开学……

开学后，我们依然不忘常常奔向我们那熟悉的地方，和熟悉的人品尝着熟悉的味道。那时，我们说，以后我们如果有什么矛盾，送一碗螺蛳就要明白哦！

又一学期开学了，没有了往日的激情和兴奋，虽然很高兴与好友见面，但是因为身体状况比较差，所以没有太多的精力。我这样的状态经常影响到她的心情，她还是很关心我，有时候觉得很对不起她，想要买碗螺蛳表达一下歉意，虽然只是1元钱，但我们友谊无价。她也经常陪我去熟悉的地方去散步，希望我快点儿恢复，真心朋友的关心总会让人感动得想哭。我也希望自己能快快恢复，恢复好身体，恢复往日的快乐。

因为胃不怎么好，不能吃太辣的东西，所以也就不能吃太多的螺蛳，但是我相信，我们的友谊从吃螺蛳时稳固地建起，但却不会因吃螺蛳的减少而减少。因为我相信有一种情永不改变,那就是用真诚的心去经营的情。

螺蛳,我们友谊的见证。我们不需要太多的承诺,也不需要太多的誓言,我们需要的是实实在在的关心和爱。这个我们大家都明白,不知道是不是螺蛳帮忙传达的?

我们相信血浓于水的亲情,相信至死不渝的爱情,我们也相信亘古不变的友情。

朋友,愿我们的友情永不变!

感恩提示
gan en ti shi

这是一个动人的友情故事。文章运用了细节叠加的手法,把"我"和好朋友之间的一些小事情描述出来,而这些小事情恰恰见证了他们珍贵的友谊。

她们喜欢"有说有笑地从宿舍的8楼慢悠悠地走到对面宿舍底楼的一个小吃店吃螺蛳。感觉螺蛳在手中的温度,看着螺蛳的烟氲和口中呼出的白气融为一体,感觉幸福就是这么简单。友情也就在这种暖暖的温情中升华了……"读着这篇文章,我感觉到了文中的主人公的友谊,那是一种吃出来的友谊。说到底,那其实是一种有着共同爱好的友谊,因为他们都有着爱吃螺蛳的习惯。在这个世界上,朋友之间的交往本身就要求有共同点,正因为他们的共同点,才使他们拥有如此珍贵的友谊。

"好吃的东西总是魅力无穷,而贪吃的人总是难抵诱惑。"故事中的两个主人公正是这样,她们为了吃螺蛳而不顾一切。啊,这种建立在共同爱好基础上的友谊,使螺蛳成为了她们友谊的见证。在出现矛盾的时候,在忧伤的时候,螺蛳往往能够化解。因为这里面见证着她们曾经的友谊。世间最动人的情感是友谊,一份友谊有着一个见证物件,那是多么美好的事情。

(欧积德)

对那段篮球生活,我深深地怀念着;我想,朋友们也应当如此吧。

往日的篮球,往昔的朋友

◆文/蒋 政

　　一晃过去了许多时光,仿佛晨带珠露的嫩荷转瞬即是夕阳西下时分的垂叶缩花。还常爱看球赛:NBA 精彩,CBA 也不坏,手却很久不曾抚摸过皮球。老家墙上挂着的毕业时队友们相送的牛皮球,早已被弟弟玩得破了外皮,其狼狈之相,一如我与朋友们疯练球时的那只篮球。至今,我依旧对往日的篮球读书生活与一起度过那段时光的朋友们怀着深深的眷念。

　　结识篮球其实是小学时的事,而真正对其产生痴迷则是在入读高中结识了几位趣味相投的朋友们后。他们与我同生活在一个县城,却于人生的十六年前从未谋面,更勿论相交相知以及此后的组织球队打比赛了。高中头一天,我就感受到了朋友们的热情和坦诚,坐在陌生的教室里,我们却似熟识已久的老友聊了许多,这些话题中,即包括了篮球。篮球,成了让彼此打开心扉、推心置腹的情感暴发点,话闸因此而开,如水流滔滔顺势而下。那时的少年,心灵依旧稚嫩,并不曾对陌生立过什么防线。短暂的羞涩因共同的兴趣而涣然冰释,一时的离家而生的孤独感也因找到了新的伙伴而瞬时消解。

　　此后的生活变得顺理成章,也显得平淡多了。我们这八个同学好友组成一个班级篮球队,而班级中尚有些男生喜欢这项活动,于是,凑在一块儿,完全可组成两队对练。因此,大家时常约在一少课的下午,于篮球场练球,切磋球艺,提高水平与默契度。这样的日子过得劳累而富有激情,青春的光阴就这般度过。夏日午后的骄阳如火,气温如蒸,流淌的汗水涔涔直下,吧嗒吧嗒地甩在地上,而球服也湿个透彻,一场球赛下来,一桶水也喝得精光;秋高气爽,阳光和煦,微风阵阵吹过,实是运动的佳节,球场上的我们,便如同水中嬉戏的鱼,仿佛空中纵情的鹰,尽可以打个酣畅淋漓,玩得兴味十足;江南的冬日,寒冷是主题,它使平常的外出也得夹衣缩脖,而年轻的我们,却硬是褪去厚厚的外套、毛衣,穿着单薄的短裤短裤上球场,起初瑟瑟直抖如风中战栗的芦苇,在拼抢了十几个来回后,身子开始发热,动作也活跃自如了；故乡的春日常常是淫雨霏霏，连绵不断，"春无三日晴"是人世皆知的俗语，而事实也确实如此：我的日记本上在春季的某个月份里不逾三日是无雨的，篮球只好被闲置在教室后垃圾房的壁篓内，静静地等待着春雨的远去。

一年的苦练带来了球队质的飞跃。队友们的个人技术，互相之间的默契感都大为提高了。我也成了一个在队友眼中合格的组织后卫，良好的球技与组织才能赢得了队友们的称赞，自己也因此被选为班队的队长；戴上签着所有队员名字的袖标的那一刻，我高兴极了，而对这支球队的爱恋与对朋友们的感激之情也与日俱深。成为队长后，我开始与队友们商量：是该为在下年10月举行的校篮球赛而准备了。于是，我们自此便常邀请高年级的班队打友谊赛，不断地比试球艺。一场场的胜利或失败后，整支球队的抢断、篮板、得分等都开始稳定下来；自己这个组织后卫的眼光在操练中变得日渐开阔，无论是为队友们传球，还是个人上篮，都达到一定火候的功夫了。整支队伍在经真刀真枪的磨合后，相互之间的配合也可说是心有灵犀了，每场比赛总是会出现让观看者大为叫好的传球、助攻来。但不管球技练得如何纯熟，我们都遵守着这样一个原则：不打花里胡哨的球，注重简洁实用，讲究短平快。与我们一届的校队，那些年轻的队员们，都倾向于耍弄技艺而忽视得分，使得校队在大大小小比赛中胜少负多，其声誉亦远逊于先前的几届号称"常胜军"的校队了。因为这个原则的要求，我们的每一个动作都力求简约，那迅雷般的上篮，疾风般的穿插，蝴蝶般的闪转腾挪，将实用技术演绎得淋漓尽致，比赛时，场边的喝彩声不断。

真正用兵的时候到了，温暖而阳光充沛的10月似是一个寓言，告诉着人们收获季节的到来。尽管我们早已被视为同年级的老大，但临赛时的那份紧张与压力并不减于其他班队。十六个班队被分成四组，每组四队，轮流比赛，依最后成绩取头两名，初赛出线是不成问题的，但赛程的安排却是明显的不合理，我们的三场比赛连着来，一天接一天，这对体力实在是个考验。头场我们以56比40轻松拿了下来，第二场也还尚可应付，真正吃力的是第三场比赛。一、二节过后，大家似乎全没了力气，中场休息时，直叫累，短暂的休息也不济事，第三节我们打得毫无章法，对方的快攻频频得手，而我们组织的几次进攻总被对手中途拦劫，补防又不及时，使对手竟打了个12比0的高潮，中场休息时尚领先16分的优势转眼间就只剩下了两分之差。第三节完后，利用休息时间，我们商定了这样一个应对原则：对方进攻，我们贴身防守；我们拿球，慢打稳攻。第四节时，这个准则凑了效，对手希图旧技重演，由于我们的严密防守，屡不能投进，而我们则不徐不急，反复捣球，迫使对手来回奔跑，一有空隙，立马建功。几个轮回下来，对方便乱了阵脚，眼见好不容易追上的比分重又拉大，因急而打得愈加不顺手，士气全无。就这样，我们完胜对手20

分,以全胜战绩进入八分之一赛。此后的赛程安排也不再那么让体力吃不消,我们稳扎稳打,也稳操着最后的胜券,当完成了最后的一场比赛后,心情反而相当的平静了,或许,一年来的训练取得如此结果并不让我们有多欢喜,趣味只在不断的运动中,并不在乎是否得什么奖。冠军的200多块的奖金被我们做了两用,拿100元上小饭馆搓了一顿,剩下的做了班费。当然,令我也令队友们高兴地是,整个篮球比赛的最佳球员被授予了我。

后来的事就很显得平常了,我们尽管为班级赢得了荣誉,但因为打篮球而将功课落下了许多,老班对此没少教育我们,而家长的篮球无用论也时常灌进我们的耳朵,加之既已获得了校内的最高荣耀,朋友们在一起打球的热情也减了许多,都渐渐自觉将心思移在课本上了。球还打,可再也不曾为之痴迷疯玩了,这样的生活直到毕业。如今,我与那帮朋友们,已是各有了各的方向,也因为忙,彼此再也不曾相聚来兴致昂扬的打场球了。

对那段篮球生活,我深深地怀念着;我想,朋友们也应当如此吧。

 感恩提示
gan en ti shi

深深爱着的篮球,深深恋着的伙伴,在久已不相聚的今日又忆起,墙上挂着的球是记忆的依据,那是一段属于热血的青春和篮球的岁月。

球友们意外的相识、愉快的相聚、合心的拼杀把那段属于篮球的岁月沉淀了,也沉淀了彼此的友情。荷麦曾说:"友谊是一种温静与沉着的爱,为理智所引导,习惯所结成,从长久的认识与共同的契合而产生,没有嫉妒,也没有恐惧。"与球友们一块的时光,正如荷麦所说的那样。因为共同的兴趣,与朋友们把那段有篮球的日子过得劳累但富有激情 。那是一段在一样的趣味引领下作出的一番关于合作默契的训练。怀抱着同一个篮球的日子,也是收获友情的日子,篮球是最好的桥梁。朋友间没有嫉妒,没有恐惧,安心地在场上拼杀,默契配合。赢并非最终目的,只在意运动的过程,只在意有篮球在、有朋友在的时光。但收获了却让他们倍加珍惜,更深地感受了彼此真诚的祝福,这才是收获的最实在的内容。

时光总会流逝,当篮球成为回忆,那群久已不聚的朋友成为回忆,那段日子却在记忆里更长久地存在。

我们的生命不会轻易忘记一块疯狂笑过、一块疯狂玩过、一块疯狂哭过的人。怀念篮球的日子也深深地想着朋友,想起朋友,也连着篮球的时光!

(朱晓铃)

我怀念过去的每一个同学每一份友谊。我会好好地保留这些信在我老时再重温一次岁月里的时光。

重 温 友 情

◆文/韦 苇

那天爸爸打来电话对我讲"回家清理好你的东西吧,家里要装修"。此时我才发觉自己出嫁十年了,而做女时的所有东西(除了衣服)还没有清理过。

娘家虽然隔三两天都回一次但却从来没打开过柜子看看,这天在清理完书籍后打开上了锁的抽屉,里面全是保留了十多年的朋友来信。

因为爸爸的工作关系,我们家总是从这个城镇住不到三年又迁移到另一个城镇居住,所以在那通讯不发达的年代与同学间的联系都用书信代替。望着那一封封的信件,思绪飘扬到学生年代的幸福时光里。

信手打开一封信(以前只要看字就知道是谁的来信)但现在我要先看名字才能在脑海里寻找那同学的音容笑貌。这封是我在 1985 年小学毕业后,来到另一个城镇同学写给我的第一封信,二十年了那同学一直没见过面,在我的记忆里已找不到她的身影,只记得是有那么一个人,读着她的信让我想起了无忧无虑的小学生活,那日子是多么的快乐,那大大的球场是我们课后的活动场所。我们在那儿又跑又跳,嘻嘻哈哈。那种快乐已成记忆。小学年代的同学在我记忆里已很多是模糊的影子,只记得两三个人的面貌了。

这封是一个男生的信,因为读完初二时他转学去了另一个城市。与他的友谊一直到今天,今天我们还是住在两个不同的城市,不过只要相聚我们还是无话不谈,在通讯发达的今天我们已不再书信来往,有的只是节日的问候。

这封是我的死党写给我的,她的信全是说教的(叫你不要早恋啦、不要夜睡啦、记住温习功课啦等等)。因为她是我们初中同学的班长也是我的偶像,一直来不论学生时还是工作上她都是一个出色的人。今天的她同样是同学中官位最高的一个。

这封是出来工作时收到的一个同学的信,在信中她讲述了她工作中的烦恼,生活中的苦闷,恋爱中的甜蜜。读着信一切如昨天发生,时间过得真快。十年前的她还是一个少女,但今天的她已是一个经历了结婚离婚的苦涩,婚姻的不如意,工作上的压力让她变的沉默寡言,那无忧快乐的影子只在我心里面。我恨岁月的无情但却无力改变,我想留住那幸福的光阴,那纯真的友谊却无能。因为时间改变了一切同样也改变了友情。我在心里祝福她希望她早日得到幸福忘记过去的一切不快乐。

这封是我初恋男朋友写给我的,那幸福甜蜜的初恋也离我而去了,读着信中的内容让我泪流满面,让我想起了那分手的无奈,那牵挂的痛。初恋发生在20岁时,经历了四年的风风雨雨,我们还是不能相厮相守,因为父亲的执拗也因为我们的任性。相爱四年后我们痛苦无奈不舍地分手了,那种痛经历了十年的洗礼还是无法忘记,那种牵挂十年不变,为的是什么,只因为我们曾经相爱过,缘让我们相识也让我们分手,我不知道十年后今天的你是否还是我心里的你,你的音容笑貌是否已变,问你一声"你好吗"也祝福你幸福快乐。

一封封的信我要找一个日子重读,因为那里面有我的友情也有我的岁月。我知道在今后不会再有同学写信给我,因为今天的我们都是用电话联系着彼此的友谊。我怀念过去的每一个同学每一份友谊。我会好好地保留这些信在我老时再重温一次岁月里的时光。

 感恩提示
gan en ti shi

有这样一句话:"人没有朋友,犹如地球没有太阳的光照。"有时候在生活中,当别人都走开时,朋友仍会与你在一起。朋友只是你生活中的一部分内容,却能改变你的整个的生活,他会把你逗得开怀大笑;他会让你相信人间有真情;他会让你确信,真的有那么一扇不加锁的门,在等待着你去开启。

在《重温友情》中,我们品味出的正是那一份像是淡淡的但细细咀嚼却是让人回味无穷的友情。在朋友的那一封封信里,烙下了彼此的人生足迹。在那堆信里,有二十多年没见过面的朋友的信,信里有童年时的无忧无虑的快乐时光,虽很久没见过面了,但是这种记忆是永远都不会中断;那堆信里,有分隔两地但一见面就无话不谈的好友的信,真可谓是"此情若是久长时,又岂在朝朝暮暮";那堆信里,有死党兼偶像的勉励与鞭策信;那堆信里,有被生活压得喘不过气的朋友的倾诉信,虽然生活改变了许多,但对朋友的祝福却会永驻心间;那堆信里,有初恋男友的信,虽然幸福甜蜜的初恋已远去,但是,她同样有着席慕蓉《咏叹调》里的宽阔的胸襟,"不管我是要哭泣着/或者/微笑着与你道别/我都会庆幸曾与你同台"。就算N年过去了,拿着那堆信,品着朋友间的情谊,这一辈子都不会觉得孤独。

余华曾说过"只要生活中还有一双眼睛与你同哭泣,生活便值得你为之受苦难"。在这个需要相互扶持的社会里，没有一个人可以不依靠别人而独立生活。先主动伸出友谊之手，你会发现原来你的四周有那么多朋友，你并不孤独！

（陈观荣）

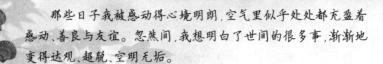

那些日子我被感动得心境明朗，空气里似乎处处都充盈着感动、善良与友谊。忽然间，我想明白了世间的很多事，渐渐地变得达观、超脱、空明无垢。

温暖？友情！

◆文/自　困

·感
·恩
·朋
·友

112

　　那个时候，在看似平静的日子后面，有太多无人体会的孤单，一个人听音乐、读书、看电视、上网，其实只是要覆盖掉每个清冷的夜晚，尤其是在一个人独处的深夜里，常常会想起父亲，我想以后再也不能在生病时或不开心听到父亲的声音，再也看不见他温暖的眼睛，突然就伤心起来……

　　人有时候会去在乎一些流年和细节，我常想，也许这个世界上是没有人能理解我和懂得我的，也许每一个人都是孤独的，其实我也害怕孤独，那种内心的孤独，那种精神上的孤独，有时这种孤独是不能与人分担的，哪怕就是最要好的朋友，亲密的家人或是夫妻都有可能不被理解，也不会替你分担。这种孤独只能由自己一个人慢慢的承受，再慢慢的消化，日复一日，日积月累，总是没有尽头。但是生活中有些东西根本就无法拒绝，比如挫折，比如痛苦，比如生老病死……

　　那个时候我常听国荣先生的《风继续吹》，我似乎有些理解张国荣了，一个舞台与歌坛的巨星，表面上他似乎什么也不缺，可是他的内心是不快乐的，所以他毅然地选择了离去，我常想，一个人选择死亡，一定是走到了人生的绝境的吧。人世间，也许孤独与寂寞是一条永远也走不完的心灵之路……

　　就这样在网上认识他，在最初，他只是以一个倾听感知者的身份出现的，第一次看到他的名字，我当时想，这一定是一个善解人意的人吧，又或者是一个有着很多经历又能坦然面对一切的人？因为没有人会把自己的世界完全暴露给别人，也没有人能够不让自己的愿望从言语中流露出来，不善倾听的人，是因为没有一副能容进别人声音的胸怀，没有一份坦然与从容，又怎能感知别人的心绪与心路历程呢?

他说:在网上朋友多吗?

我说:没有,总觉得没有人是理解和懂得自己的。那时候的我,正处于最低落的时期,心情也很灰暗。

他告诉我说,不必要求每一个人都能懂自己的,因为"被爱与被理解虽然很好,但爱人与理解别人就更好",若不然你找不到什么朋友。我当时想,他说得真好,是的,我们有时候总是要求别人来理解自己,却忽略了首先要学会先理解别人。在现实的生活中,人与人之间缺乏的往往是真诚、交流与沟通。

我们谈论过许多话题,生活、哲学、工作甚至也讲到《圣经》以及爱的主题,在我们的交流中,有兄弟之情、父母之爱以及人间真情,看得出来,他读过很多书,尤其是有关哲学方面的,似乎是受过西方文化熏陶的,开明又不失理性,是一个有学识、有修养的人。

在一开始,我以为他也只是匆匆聊客中的一个,但这之后常常会收到他发过来的短信,一声轻轻的问候,一个温馨的祝福,一份亲切的关怀,传递着真诚的祝福与鼓励,洗却了尘世间的烦恼,消融了世间的冷漠,而那些问候成了夜里想故乡时一颗颗闪亮的星星,让我在异乡的天空下不再孤单。

第一次声音接触的感觉很亲切自然,他的声音是稳重成熟的那种,很心平气和。放下电话的时候,我感觉自己的心很温暖,他亲切的话如春风拂面,让人感受到故乡的温暖。

而实际上我们连对方的姓名都不知道,可是这又有什么关系呢?这丝毫无损于情感的友谊与交流,世界上最远的距离不是天涯海角,最近的距离也不是朝夕相处。在网上就是这样,无缘的人只是一聊而过,而有缘的人却能成为真正的朋友。

常常地,哪怕很短的一句问候或祝福,也能够感觉得到他传递过来的融融暖意,有时候我甚至恍然觉得他像是我失散多年的挚友,只是因为生活的一些变故一度失去联络,却在我最困难的时候突然出现,给予我最需要的帮助和关怀。在我的心里,一直很感激他那些日子来对我的关心与鼓励,也许在于他,只是认为自己做了一件很平常的事,但对于一个身处困境的人来说,却是多么大的帮助和支持,我一直记得他说过的那句话:其实每一个人内心都充满着感激与爱心,这样快乐和幸福会时刻陪伴着他⋯⋯这些看似平淡的话语,充满了人性的光芒。是的,也许我们不能远离生活的痛苦与悲伤,更不能使我们永远不再孤单,但是以一种宽容、乐观来对待事物,就是很好的生活态度了。

每当我看到那些用关心、鼓励与真诚来写成的短信,内心有说不出的感动与温暖,我想到这份关怀竟来自一位素昧平生的朋友,我的眼睛常常会湿润起来,有些泪温暖了我的灵魂，而他不是我的家人，也不是我的亲人，谁能说这个人世间没有真?没有善?谁又能说天地间没有情呢?曾经看过一个寓言，里面有一句话让我记忆很深：忘掉批评过你的朋友，对帮助过你的朋友要永远记在心里。我想，是的，张爱玲说，因为懂得，所以慈悲。在这茫茫人海中，在物欲横流的纷扰世界中，这份真诚关爱之情让人备感珍惜，让人难以忘怀。

那些日子我被感动得心境明朗，空气里似乎处处都充盈着感动、善良与友谊。忽然间，我想明白了世间的很多事，渐渐地变得达观、超脱、空明无垢。

很多时候我觉得他像兄长、朋友，而更多的时候却像老师、知己，在做人、做事方面，都给了我很大的启迪。只是有一次，他在电话里无意中说到，有时候自己也感到很孤独，我听了默默地说不出什么，我感到很惭愧，我觉得自己是个特别失职的朋友，只顾着让他来分担我的烦恼了，而我似乎也从来没有关心过他，关心过在他的内心也许曾经有过的从未对别人说起过的孤独与彷徨……

虽然到后来因为各自工作的关系，我们聊得不是很多，但我常想这份友情很真、很善、也很美好，在这个物欲横流的尘世间，它越发显得珍贵起来。友谊因为距离而美，因为不涉利益而纯粹。

很多时候，我想到，他就住在这座城市，就在离我不远的地方住着，这使我感到很温暖很亲切……

在这个静静的夏夜里，祝愿每一个人都能拥有一个爱的人生，祝福每一个人能经历到一个充满爱的世界。

愿这个世界永远都有爱，每一个人都能爱自己也爱别人。

感恩提示
gan en ti shi

我们常会发现，生活中有些问题是难以启齿的，即使是对着亲爱的家人与爱人、熟悉的朋友、敬重的师长也开不了口，这时，我们会渴望有个既熟悉而又陌生的人在身边，倾听自己，给自己心灵的慰藉。

常常会看到信徒寻求天主、神父的帮助和慰藉，这与我们希望寻求可倾诉的对象是类似的。人在遇到问题时，都渴望身边有个值得信赖的聆听者。

而熟悉的陌生人，即与你保持一定距离却又一定程度上贴近你、了解你的人，或许就是最值得依靠的倾诉对象。他与你若即若离，不需要时刻在一起却能彼此记念，相隔天涯也可以心连心。有句话说得好："距离可以产生美。"保持一定程度的距离是维持关系和感情的好办法，毕竟生活中会遇到很多无奈和难以向身边人启齿的事，寻求一个几乎可以置身事外却又不完全陌生的人给你指点迷津或静静聆听你的心声，将会很大程度上让困惑中的你有一身轻松的感觉，因为你已经"喝"到了美味的"心灵鸡汤"。

还是那首《爱的奉献》唱得好："再没有心的沙漠，再没有爱的荒野……"如果生活中的我们都能像文中的作者那样，有个与自己既熟悉而又陌生的聆听者、分享者，彼此感受到祝福和鼓励，得到更多的爱与关怀，那么，人与人之间的相处将会更紧密了，世界也真的会变得更美好了！

（简婉琳）

世上友情的方式真是千奇百怪，就像这篇文章里的一对朋友，她们的友情是在一碗碗米线里展开拉长的。

友谊的香气

◆文/佚 名

已经记不清楚校门口这家米线店是什么时候开张的了，也记不清楚我是从什么时候成了这家米线店的常客的了。

结识米线是件非常偶然的事。已经记不清楚是哪一天了，小鹿约我一起去逛街，至于去买什么东西我也已经记不清了，我们从银座商城开始逛，接着逛四海商城，再接着逛良友购物广场，踏遍财源街上的每个小店，往东一直逛到百货大楼。也许你会惊讶，时间过去这么久了，你对那次的逛街路线却如此确定？是的，因为在师专的两年中，小鹿和我始终对那条街比较钟爱。我们的运动服、休闲服、布鞋、运动鞋、皮鞋(劣质的)，还有我们学习用的铅笔、钢笔、圆珠笔，还有我们的水杯，都是在那条街上淘来的，后来还有，米线。

逛着逛着，我俩都觉得饿了。吃点儿什么呢？我提议一人买两个火烧垫垫肚，可是小鹿却反对："咱们看看有没有别的什么吃的。"结识米线是那么自然的一件事，还记得那位老板热情的招呼："两位小姑娘，吃碗米线吧，好吃的很呐！两块五一碗！"由于我不爱吃米饭，听老板说米线是用大米做的，吃了两口，我便没了胃口，再看小鹿，吃得正津津有味，嘴里还不停地叨念："好吃！真好吃！"

以后的日子,我可惨了,每次逛街都不得不陪她去吃米线,时不时的她还专程去吃米线,当然,我是作陪,甚至在我们携手作战专升本那段血雨腥风的日子里,这家伙居然也没有收敛的意思。专升本成绩公布后,我时常对她说:"要不是你这家伙,兴许我会考进前五名呢。"而这家伙只是吃吃地笑,然后拽着我说:"走,陪我去吃米线去。"

师专两年,小鹿爱米线爱了两年,我恨米线恨了两年。

山师东路就在山师附近,省却了小鹿和我逛街时的路途之苦,在山师门口有好几家米线店,小鹿吃米线的次数更多了。每次她都缠我一块去,一块吃。于是,在称赞声不绝的米线店里,时常会看到吃的津津有味的一个女学生,她的对面的女生正津津有味地吃着包子。

后来,我不经常去米线店了。晓华成了我们的死党,庆幸的是她和小鹿有着一样的嗜好——爱吃米线。有的时候,她两个恶作剧故意打赌输给我,我说:"请客啊,消费水准不得低于3元。"回应是:"地点:校门口××米线馆,时间:周六中午,爱去不去。"有人请客,当然不吃白不吃嘛!

后来的后来,我们在"聚会时吃不吃米线"的争论中毕业了。小鹿现在在山师读研,晓华在山科读研。

望着老板端上来的热气腾腾的米线,我笑了,小鹿说这个月要来找我。这家伙,这次让她来尝尝俺们山东工业职业学院的米线。

米线,真香呐!

感恩提示
gan en ti shi

世上友情的方式真是千奇百怪,就像这篇文章里的一对朋友,她们的友情是在一碗碗米线里展开拉长的。小鹿喜欢吃米线,喜欢到了酷爱的程度。而"我"却讨厌吃米线,讨厌到了恨的程度。但就是这两个对米线看法截然相反、观点不一的人,却经常能聚在一起去吃米线。你说,这是不是一件很奇怪的事?仔细想想,这件事当然一点儿也不奇怪,虽然这对朋友对米线的意见无法统一,但她们对友谊的看法却出奇地一致。在她们的心目中都视对方为知心的朋友。尽管她们在食物上无法吃到一块——一个人吃米线,另一个人却坐在她的对面吃包子。但她们却都有一颗朋友的心。这颗心时时牵挂着朋友,朋友快乐时,分享她的快乐,朋友痛苦时,分担她的痛苦。正是因为有了这颗心的跳动,虽然文中的"我"恨了米线两年,但还是由衷地说了句:"米线,真香呐!"其实这味道,正是友谊发出的香气! （安　勇）

第四辑
朋友是块糖

朋友在时，尽情享受欢乐；朋友不在，仔细品味甘甜；困难时把朋友作为心灵的慰藉，不要总去检验是真是假。朋友是块糖，含在嘴里永远是甜的，放在水里火里也许什么也没有。

朋友相交，宽容还是比苛刻好，创造也比破坏好，即使朋友不在身边，困难时不能帮助你，但心里有个朋友，也会多几分温馨，多几分慰藉。不是吗？

如今，她俩虽相隔数千里，银线却时时牵起俩人的情思：女儿领略她那北国风光，她体味女儿这边的江南情韵。

朋友是块糖

◆文/葫芦一笑

朋友在时，尽情享受欢乐；朋友不在，仔细品味甘甜；困难时把朋友作为心灵的慰藉，不要总去检验是真是假。朋友是块糖，含在嘴里永远是甜的，放在水里火里也许什么也没有。

这个道理是我在女儿高考之后对她说的。

不知是班主任有意考验她，还是电脑故意捉弄她，平日胆小的女儿考号是全班最后一个，整个考场没有一张她熟悉的面孔。铃声威严地响了三遍，考场一片肃穆，监考老师带电的目光看得她心里发麻。她把眼睛转向窗外，窗外赤日炎炎。她心里还在想：要是慧坐在我旁边就好了。

慧是女儿最要好的朋友，从小学到高三一直坐在一块儿，亲胜姐妹。尽管女儿的成绩不差，但慧的成绩却是全校拔尖，平日里，两人经常商讨，相互帮助，时间一长，慧成了女儿心灵上的依赖，每做一道难题总要经她认可才放心，而自己究竟有多大能耐至今仍把握不准。没了依靠和指望的女儿在考场里心无旁骛。说来也怪，人称炼狱般的三天她居然轻轻松松，且感觉良好，接到录取通知书也没见她有太多的激动。

过后女儿问我：如果慧的座位真的在我旁边，她会帮我吗？

我无法回答女儿提出的问题。

这个想法曾一度老在女儿心里转悠。起因于有位同学十分气愤地告诉女儿：和他玩得最好的那位高考时正好坐在他旁边，竟一点儿都不帮他，他打出几次信号也不回音，弄得他心里烦乱，本来会做的题也做错了，他发誓再也不和他来往。

我对女儿说，你应该庆幸没和慧坐在一块儿。假如真的坐在一块儿，你俩十多年精心编织的友谊花环还会如此美丽吗？你能肯定她会帮你吗？如果真的是顾不过来，你会原谅她吗？如果她不帮你，你能抗住感情的纷扰沉下心来做完一张张卷子吗？如果她给了你很大的帮助，现在面对她，你能有这份坦然的心境吗？

女儿默不作声,我的话使她陷入思考。

现在,她俩会永远是亲密的。在等待通知书那漫长而焦急的日子里,不是慧来我们家,就是女儿去她家;慧的通知书先到,女儿和她一样高兴得跳起来;女儿的通知书迟到一周,慧和女儿一样着急天天打"168"。如今,她俩虽相隔数千里,银线却时时牵起俩人的情思:女儿领略她那北国风光,她体味女儿这边的江南情韵。

人们常说,"疾风知劲草,烈火见真金",意思是朋友要放在"烈火"中炼炼才见得真切。其实何必呢?患难与共、两肋插刀是朋友,两情相悦也是朋友。朋友就是朋友,又何须检验。朋心即我心,对朋友是真诚的,就不要怀疑朋友;对朋友缺乏诚意,也毋须再去检验。

我对女儿说:朋友相交,宽容还是比苛刻好,创造也比破坏好,即使朋友不在身边,困难时不能帮助你,但心里有个朋友,也会多几分温馨,多几分慰藉。不是吗?

 感恩提示
gan en ti shi

神说,不要怀疑你信仰的神。类似的,也不要怀疑你真诚的朋友。圣奥古斯丁说:"怀疑是对友谊所下的毒药。"

人之相识,贵在相知,人之相知,贵在知心。所谓路遥知马力,日久见人心。罗马不是一天就建起来的,友谊也不是一天培养起来的,而毁掉友谊的却是出于愚蠢的猜疑,这样的例子并不鲜见。王勃诗曰:海内存知己,天涯若比邻。往往,感动的时刻,来自于被朋友想起;常常,美好的时刻,来自于想起朋友。两情若是久长时,又岂在朝朝暮暮,即使没有约定,却总有默契,即使长时不见,却是一见如故。

朋友就是那个你想着他,他也想着你,你不想他,他也想着你的人;朋友就是那个不常见面却觉得刚刚见过的人;朋友就是那个随时把心里话告诉你,你又随时把心里话告诉他的人。

相识满天下,知心能几人?有朋友的孩子像块糖,没朋友的孩子自己玩。遇上朋友是一种幸运,我们都一再拥有这种幸运,却总是不懂得珍惜来之不易的友谊,要知道友谊永远是一个甜蜜的责任,而不仅仅是一种机会。

(吴华新)

> 人生得一知己是矣。况且我有那么多好朋友。有他们，青春就不怕流逝。

青春过往的朋友

◆文/又人

人生得一知己足矣!

我迎着微微的春风，面对着水波粼粼的小河，回味着我的青春岁月，回忆着我的朋友。河柳从头顶垂下，在我的眼睛里萌发出嫩黄的芽。不知是谁在遥远的地方吹响了清脆的柳笛，在我内心深处荡来荡去。

我不知道小建现在哪里，是否还会把柳笛吹得那么响，那么亮。那年，他中考落榜后，一场骤雨便冲散了他所有的踪迹。听说他离开了他那后妈做主的家，去了遥远的地方，发誓再不回来。有的说他在城市里做苦力，有的说他学会了修汽车，娶了妻，有了属于自己的温暖的窝，但这些并不真切。我所记忆的是他那充满智慧和淡淡忧伤的眼神，以及在我最困苦的时候，省下饭钱帮我缴纳学杂费时的诚恳和执著。他是我的知己吧?因为在那一段时间里，我们同写一本日记，同吃我从家里带的老咸菜，同住一间租来的小破屋，还有相同的语言，相同的志向……然而我们还是分道扬镳了，甚至没有来得及说一声再见。或许，总有一天我们会再见，可是，我们会像旧时一样的无间吗?

小河里的水清可见底，里面的鱼儿游来游去。鱼儿不会说话，却相从相随，朝夕不离。它们心中肯定流淌着一种叫做友谊的感情，把它们连在一起。小昌和我，就是这样的两条鱼。

已经记不起是如何与小昌相识的了，好像一句话或是一个微笑。也许我们天生就是朋友，只需要在偶然的机会相遇。但我们两个又不是完全相通的朋友，就像并肩的两座山，朝夕站在一起，却又是那么独立，都保持着自己的个性，傲视长空。于是，不知道是为了什么，使我们在一段时间里熟悉又陌生。我们一块儿上课，一块儿吃饭，一块儿回宿舍，可是谁也不言语，冰冷的面孔就像两只不会说话的鱼，可谁也不愿掉头而去，反而配合一如既往地默契。直到有一天，我们一块儿病了。在相互的照顾中，恢复了一开始就有的友谊，终于成了无话不谈的挚友。可是，高考以后我们不得不各奔东西了,好在还可以相互联系,不至于变得陌生。但是毕竟天各一方,难以相见,我甚至怀念那段如鱼一样冰冷的时间。

我拂开柳枝,随着淙淙的流水,向下游走去。人生,一如河流,有时缓,有时急。而青春中来去的朋友,也匆匆的如鱼儿,难以自控地不断更替。天真幽默,而拥有美妙歌喉的小学,有他的时候,我何尝知道什么叫做寂寞。沉稳冷静,办事利落,如影随形的旧雨,有她的时候,我何曾有过忧愁。健谈博学的黎明,有他的时候,我有多少话要说……都走了,各上了各的路,就像长大了的雄狮,各自开拓各自的疆土。他们曾带给我多少的快乐,就留给了我多少的忧伤。

小河里的游鱼一条一条地游走了,又有新的游来。小河或许习惯了,一路走,一路唱着歌。好在,我的身边又有了敢想、敢做,潇洒倜傥的风子;真诚淳厚的学桐;还有机敏可爱的小六子……

人生得一知己足矣。况且我有那么多好朋友。有他们,青春就不怕流逝。

 感恩提示
gan en ti shi

朋友,一个动人而温馨的字眼。爱默生说:"我们终身有赖于从一小群人中获得爱、赞扬、尊重、道义支持和帮助。"我们都曾经或正在拥有友情,因为我们都很脆弱,都十分需要朋友。因为我们自己都不是完整的,而朋友恰恰是那些所缺的部分。常言道:"坐顺风船时朋友认识你,走下坡路时你认识朋友。"真正的朋友永远像一根蜡烛,平时普通而不显眼。但是越是在命运的黑夜,他越会点亮自己,让自己的光芒照亮你生活的旅途。当然,我们并不能为了友谊就互相要求点儿什么,而是彼此为对方做能尽力办得到的事。否则,这就是鱼肉朋友,或猪朋狗友,有酒有肉则称兄道弟,无利无益则无情无义。人生一世,可以没有金银财宝,可以没有高官厚禄,可以没有千古英名,但不能没有朋友,没有朋友的人生,绝对是孤独无聊的人生。

真正的朋友,在你春风得意之时,只为你高兴,而不是吹捧起哄;在你遭遇挫折失落之时,会给你及时的支持和鼓励;在你有缺点可能犯错误的时候,会给你正确的批评和帮助。真朋友说真心话,不管话多么尖锐。想起朋友,我们满怀感激。难怪孔子说:"有朋自远方来,不亦乐乎!"

（吴华新）

在这突如其来的幸福面前,程雯脸色绯红,眼里闪烁着泪花,手足无措。

因 为 有 你

◆文/红高粱

　　有时候,连我自己都有点儿不敢相信,一个简单的谎言,居然可以改变一个人的生活态度。

　　在高三的毕业晚会上,我担任晚会的主持。晚会上,我们出了一个很浪漫和诗意的节目,每个同学都在纸条上写下自己最喜欢的一个同学的名字,并写出喜欢他的理由,当然是不用署名的,否则会让彼此感觉尴尬,然后由我当众宣读。这个提议让大家格外兴奋。这也许是最后一个说出埋藏在心底秘密的机会了。同时,大家也很想知道,自己是否也被人悄悄地关注并喜欢着。我看到,在五彩的灯光下,同学们的脸上都洋溢着青春的激情和焦灼的期待。很快地,纸条便收集到了我手中,当我开始读出它们时,全场顿时沉静下来,大家的眼睛都紧盯着我,眼里写满了紧张和不安。随着我念出那些名字和那些与之有关的温情脉脉的文字,全场的人的目光便都会聚焦到被念到名字的同学身上。而那个幸运的同学,则会略带羞涩地,不自然地微笑着,有点儿不知所措,但我们都可以看到,他脸上掩饰不住的骄傲和喜悦。随着纸条一张张念下去,教室里荡漾起一种温馨又明媚的气息。

　　在我即将念最后几张纸条时,我发现,几乎班上所有同学的名字都被提及了,但没有我的同桌——那个模样平常、学习平平、性格孤僻的女孩——程雯的名字,她这样的女孩子,是很容易被人忽略和淡忘的。此时,我看见她正把头埋得低低的,或许这个节目使她感到非常难堪。我突然涌起一种怜惜的感觉,就在那一刻,我做出了一个决定,我要帮帮她!我拿出一张纸条——上面当然不是程雯的名字,但我却一本正经地念出了程雯的名字,并编了一个关于喜欢她的理由——我喜欢程雯,也许,你不知道你的美,其实,你沉默和文静的样子,是女孩子另一种味道的美。这非常出乎大家的意料,大家的目光一下子就转移到了程雯的身上,程雯更是没想到我会念出她的名字,她慌张地抬起头,惊讶地望着我,像是在问,这是真的

·感
·恩
·朋
·友

吗?我微笑着向她点点头。我的可爱的同学们,居然一齐为她鼓起了掌,掌声真挚而深情。在这突如其来的幸福面前,程雯脸色绯红,眼里闪烁着泪花,手足无措。

从那以后,程雯像换了个人似的,在高三最后的几天里,她终于第一次和那些漂亮的女生肩并肩有说有笑地走在一起了,她也开始和男生大大方方地交谈,教室里第一次有了她明朗的笑声。

在同学们的毕业留言簿上,程雯为每一个同学都写下一句相同的话:能与你们同学,是我今生最快乐的事。在我们最后告别校园时,程雯在那群流泪的女生中,哭得最凶。

 **感恩提示**
gan en ti shi

记得有一部电影的名字叫做《善意的谎言》,用在这里再恰当不过了。

在美好的中学时代里,总有一些让我们难以忘怀的故事,浪漫的、感人的、激情的……每每不同。这篇抒情小文就为我们娓娓讲述了一个关于友情的美丽故事。读罢全文,只觉得温馨扑鼻、唇齿生香,太令人感动了。

文章告诉我们,爱与被爱是一件多么幸福的事情!

程雯,一个"模样平常、学习平平、性格孤僻"的自卑女孩,眼看就要被人忽略了,她脆弱的心灵能受得了吗? 这时,"我"及时伸出了援助之手,编织了一个善意的美丽谎言……被爱的感觉是多么的幸福!文中的程雯被感动得"眼里闪烁着泪花",而作为读者的我们,在为程雯感到欣慰的同时,不是更应该为那个献出爱的"我"喝彩吗?

爱太重要了。爱与被爱都是一件美妙的事情!被爱意味着自我价值的肯定,是人的一种不可或缺的心理需要,而爱只是一举手一投足之间,就会使那个被爱的人幸福不已!

这绝不是"一个简单的谎言",因为有"爱",才会使那个叫做程雯的小女孩如此的幸福。那么,让我们都幸福地爱一个人,并幸福地被人所爱,好吗?

(杨铸钢)

美丽的中学时代,一眨眼就过去了。在这三年里,我们之间一直有一种叫做友谊的东西支撑着。

朋友,一生有你

◆文/佚 名

记得初二那年,F4红得发紫,大街小巷都是F4的海报,无论男女老少谈到的都是这四个花样男子。他们简直是一夜之间风靡全国乃至全亚洲。他们这个组合的流行,带动了我们这些花季男女生们,在校园里也组起了像他们一样的组合,像PK4,T4……

今天我要说的就是我和我的好朋友的代称——L3。

经常有人问我L3是什么意思。3,当然大家都知道是什么意思,就是我和我的好朋友凌蕊,伊诺三个。那L呢?这有两个解释。一个就是Leaf(叶子)的意思。那时F4的流行,难免让我们这群F4的"追星族们"疯狂一番,他们是Flower(花),我们就是Leaf(叶子),要知道叶子与花是永不分开的,这样我们至少可以沾沾F4的光。可过了几天就觉得这个Leaf(叶子)不是很好,说出去有些难听,L3竟是三片叶子,这非叫别人笑掉大牙不可。于是就有了第二种解释——Lemon(柠檬),柠檬很简单也很漂亮,黄黄的惹人喜欢,虽然它有些酸酸的,初次品尝,口感不是想象中那么好,但它能滋润皮肤,起到美容的效果,并且它还象征着活力与青春。所以三个充满活力与朝气的阳光女孩就是我们啦!

L3中的第一人,就是老大——凌蕊。凌蕊不是个出众的女孩,任何第一眼看到她的人都不会觉得她漂亮,相反,她那略微发胖的身材更使她少了一份妩媚与娇俏。虽然她不漂亮,但成绩很棒人很可爱,她总是用一种怪怪的语气对别人说话。初中三年,她一直是我们班的语文科代表兼作业搬运工,体力无限。她这个人很讲义气,朋友开了口,即使有些为难,她也会尽力做好,这使别人特别容易接近她,特别像我这种经常要麻烦别人的人。凌蕊虽然是我的好朋友,但我们的性格是截然不同,我懒惰而多变,她笃定而执著。

这第二者,乃我们的大小姐,排行老二的——伊诺,她温婉而宁静,喜欢各种各样的淑女装,总是悄无声息的坐在教室的角落。她这个人淳朴得有些拘谨,文静得有些胆怯,以传统为美,以沉默为真。她是出了名的乖乖女,从来不知道叛逆两个字怎么写,也许在她的字典里没有叛逆这两个字。这也是我欣赏的那种女孩。常常看见她踩着柔软的树叶,伴着大自然的音乐独自在校园里走来走去,无限神往的注视校园里扑飞的小鸟。体育课上,当男生和女生一起疯玩时,伊诺也只是悄然的站在一边,静静的微笑,从不加入。

第三人,L3 老小,就是我啦!我这个人特别情绪化,一发生什么事,要么兴奋得一派激越,要么气愤得一言难尽,说话特别夸张,经常疯疯癫癫的做出一连串意想不到的事。特别是和一群好朋友嬉戏时,会疯狂得不注意淑女形象的大笑,或是吵吵闹闹,说话粗声粗气,手舞足蹈,仪态尽失。当然还是不及小燕子那么"嚣张"。不过,当心情不好时,还是喜欢夜里一个人静静的迎着风,望着远处,听风的声音。有人说这是一种孤寂,而我说这是一种享受,一种美得自然的享受。

回想那时,我们三个人的家很近,就在一条街上。我们之所以成为最亲密的朋友,多半是因为上学回家都能同路。可别小看了这一点,它提供了我与她们走近和相熟的机会与可能。

上学路上,常常是各自一口袋的零食,一些甜话梅,一些 QQ 糖,一些爆米花,边走边吃。从家到学校只需 15 分钟,我们却要走上半个钟头。

休息时,我们还经常去河边散步,聊天说八卦(诸如我们什么时候才能存够钱去美国看 COCO,去台湾看 F4 之类)。在那里,我们可以抛开学习的烦恼,甩开生活的压力,快乐的唱歌,自在的玩耍,找回属于我们的小天地……

美丽的中学时代,一眨眼就过去了。在这三年里,我们之间一直有一种叫做友谊的东西支撑着。可天下没有不散之宴席。中考过后我们分开了。

不过真真实实,确确切切,我们拥有了一段无法忘却的友情。我和她们在彼此的关怀中走过了夏的热烈,秋的丰足,冬的洁白,又迎来了春的温馨。我们不是那种时时处处形影不离的庸俗的朋友,我们彼此保留着一段美丽的距离。现在的我们会在阳光明媚的日子里相约到河边嬉闹,会在阴雨连绵的长夜里默默共守如豆的烛光,更会为我们三人之间的约定而努力奋斗。我们彼此用心营造着一份上天赐予的缘。

每每回首,想起当初的她们,总是令我感到这世间有一份无法让我割舍的依恋。为此,我有了勇气去面对迎面而来的生活,有了勇气一个人在黑暗中跋涉。因为我知道无论我在何时何地,都会有两个友人在背后默默地支持我,关怀我。

现在,我想说:朋友,一生有你——真好!

感恩提示

gan en ti shi

　　这是一篇洋溢着青春气息的文字。作者在轻松甜蜜的行文之间,为我们描述了一个关于三个女孩的友谊故事。

　　这三个女孩太可爱了,她们充满个性,各有魅力,就如同象征着活力与青春的柠檬!凌蕊、伊诺、"我",代表着 Leaf(叶子)或 Lemon(柠檬)的 L3,缘自 F4,但她们的纯洁却远非 F4 可比。更难能可贵的是,她们拥有一段更加纯洁的友谊,这令我们羡慕不已。在作者行云流水的笔触之下,又令多少人不知不觉地回到那个"年少不知愁滋味"的年代,以致唱起了《让我们荡起双桨》呢?

　　文中这样叙述三个女孩的友谊:"我和她们在彼此的关怀中走过了夏的热烈,秋的丰足,冬的洁白,又迎来了春的温馨。"多么恰当的比喻,多么优美的笔触!而下面的文字更加深情款款:"……现在的我们会在阳光明媚的日子里相约到河边嬉闹,会在阴雨连绵的长夜里默默共守如豆的烛光,更会为我们三人之间的约定而努力奋斗。我们彼此用心营造着一份上天赐予的缘。"在这样的细腻的情感面前,我们在为她们的友谊喝彩的同时,也不禁惊讶于作者的文字表现力。"……在阴雨连绵的长夜里默默共守如豆的烛光……",这个美而不凄的中国古典意境,正是女孩子细腻心思的独特刻画,令人称妙。

　　如果把文中的凌蕊比作《红楼梦》中的薛宝钗的话,那么伊诺就是林黛玉,而疯疯癫癫的"我"就是那个同样有点儿冒失的史湘云了。她们在河边散步、共守烛光,就如同钗黛云三人在大观园里联诗助兴。如此美妙友情,怎么不让人感到欣慰呢?

(杨铸钢)

友情,因为超越而变得崇高和圣洁。
友情,因为圣洁和崇高才有了分量。

一枚见证纯洁友情的胸针

◆文/蜀南麦子

127

那一年,他遇见她的时候,他刚刚过完 36 岁生日,而她,还是一个 23 岁的小女孩,瘦削的身材,矜持内敛的性格。他第一眼看见她,心就有一种微微的颤动。她是那么的迷人,一双美丽的眼睛就那样安静而有点无助地望着你,长长的睫毛上面挂满了无尽的忧伤。

她让他陡生爱怜。

他们都是演员。那是他们第一次合作,分别饰演戏中的男女主角。那时,他已是好莱坞的大牌明星了,人们心中的偶像。而她,还是个名不见经传的小人物。用现在的话说,她还是第一次"触电"。因为这部戏,他们两人天天聚在一起。她在他的面前,有时候喜笑颜开,显得是那么的温顺娇小,而有时候又是那么的冰冷孤傲,拒人于千里之外,仿佛没有谁能够走进她敏感而脆弱的内心世界。在那次合作里,他忽然发觉自己已经分不清戏里戏外了。

那是一次成功而经典的合作,每一天,他都对她百般照顾,细心而充满柔情地呵护。在拍戏之余,他们常常在黄昏时分,在暮色渐合的时候,沿着附近的一条静静的小河散步。一轮明月升上来了,它含笑看着树阴里那两个并肩而行的年轻人,清澈而明净的河水,也一天又一天悄悄偷听着他们的话语,被那真挚而纯净的心声打动得发出潺潺的声响。他们走着,有时候她会伸出冰凉的手来握住他温热的手。他们是不是已经闻见了彼此的心香!这是一种爱情的香味吗?让人陶醉、甜蜜、慌乱而又怅惘。

那时候,他的第一次婚姻已走到了尽头。他多么渴望得到她的爱情啊!然而,从小受到父母离异伤害的她,对离了婚的他感到害怕,因而远远地离开了他,有情人没能成为眷属。

1954 年 9 月,当她和丈夫结婚的时候,他千里迢迢赶来,参加了她的婚礼。其实,她的丈夫,也是他后来给介绍的,是他的好朋友。他送给她的结婚礼物是一枚蝴蝶胸针。

　　1993年1月20日,63岁的她在睡梦中飞走了。而他来了,他来看她最后一眼,他心中那个永远娇小迷人、眼睛里总是盛满了忧伤的女孩。

　　2003年4月24日,在著名的苏富比拍卖行举行了她生前衣物、首饰慈善义卖活动。那天,87岁高龄的他拄着拐杖,颤巍巍地前去买回了那枚陪伴了她近40年的胸针——那一年他送给她的蝴蝶胸针,现在,它温暖着他的胸膛。

　　2003年6月12日凌晨,他也闭上了眼睛。在看见天国的时候,他是否也同时看见了他的天使?

　　——他们第一次合作的那部电影叫《罗马假日》。她是电影史上永远让人魂牵梦绕的"公主"奥黛丽·赫本;而他,就是被誉为"世界绅士"的格里高利·派克。他们超越爱情之上的纯洁友情永远让这个世界为之唏嘘动容。他们纯洁友情的故事,对现在的一些红男绿女来说,永远是一剂可以净化心灵的良药。

　　友情,因为超越而变得崇高和圣洁。

　　友情,因为圣洁和崇高才有了分量。

 感恩提示
gan en ti shi

　　人世间,不如意之事十有八九。正如不是每一种爱情都能以长相厮守的完美结局告终,不是每一种思念都能抵达心灵之间的彼岸。我们要懂得什么时候珍惜,什么时候应该退守,甚至什么时候应该放弃。为了爱,而不去爱,这是一种升华,更是一种自我超越。

　　格里高利·派克做到了这一点。

　　在情感濒临破碎的边缘,遇上心目中的天使,这对别人来说,或许是一种幸福。但是,这个美丽的偶然对格里高利·派克来说,在幸福中夹杂的更多的是痛苦和挣扎。因为,天使并没有勇气冲破心中长久的藩篱,像他爱她一样深深的爱着他。

　　于是,他最后选择了退让。他希望自己能把最好的东西带给她,包括丈夫,也包括那一枚蝴蝶胸针。他的爱也如同那枚镶嵌在胸针中的颤悠悠的飞翔着的蝴蝶,一生萦绕在她的心房,温暖着他们最初的相遇,温馨的祝福,以及长久的友谊。

　　升华的过程是痛苦的,超越亦然。人的一生中需要经历无数的超越自我的洗礼,升华之后的人心,正像破茧而出的蝴蝶,清新而美丽,恰如那枚见证纯洁友谊的蝴蝶胸针。

"友情,因为超越而变得崇高和圣洁。友情,因为圣洁和崇高才有了分量。""他们超越爱情之上的纯洁友情永远让这个世界为之唏嘘动容。他们纯洁友情的故事,对现在的一些红男绿女来说,永远是一剂可以净化心灵的良药。"正因为如此,所以"公主"奥黛丽·赫本和"绅士"格里高利·派克都是幸福的,他们在爱情之外,升华了一片属于友情的天空,他们在这片超越心灵的净土上,拥有着所有人渴求着的纯真的幸福,相视粲然微笑。

(陈金慧)

　　朋友对一个人来说是一种心灵的寄托。朋友是会在你大笑的时候陪你一起笑,在你难过的时候和你一同分担悲伤的人。

献给我的六班的每一个宝贝

◆文/独　望

"朋友一生一起走,那些日子不再有。"

昨天新年晚会快结束时,大家一起唱了周华健的这首歌。那时候心中突然很难过、很郁闷。我总感觉人群中有好几双闪着泪光的眼睛,试图寻找,可惜终究还是失败了。我喜欢那些唱完《朋友》会流眼泪的人,因为我觉得他们比常人更懂得"朋友"一词的含义。他们唱出来了,唱到了彼此的心里。歌声飘进了他们内心那片最最柔软、最最纯净的圣域。所以他们才会掉泪。

我越来越相信缘分这东西了。一直都说有缘千里来相会。如果没有缘分我们会在杭州相识、相知、相惜吗?如果没有缘分我们现在一定还活在自己的家乡、自己的世界,活在浙江的各个角落。可是——我们在一个美好的时刻相遇了。

周老师在语文课上说过一个词语:芸芸众生。我特别喜欢。是啊,中国这么多人,可是我只认识了你们,只记住了你们的笑容,你们的一切在我心中都留下了特殊的印记。

朋友对一个人来说是一种心灵的寄托。朋友是会在你大笑的时候陪你一起笑,在你难过的时候和你一同分担悲伤的人。他们的工作看上去那么简单,可是如果想要做好它必须得交出自己的心。也许你会很多次的不经意地伤害到他们,而你又是后知后觉的。待他们伤过心、流过泪后却从不向你索要过一分一厘的补偿金。他们依旧会对你很好很好，与人类精神上的需要相比，像钱那样的东西本来就不值得一提。朋友最在乎的只是你。

当春天到来的时候，我们一起在学校里种过树，尽管现在已经认不出哪棵才是我们的宝贝。2004年的夏天，我们一起坐在寝室楼前的那个"罗马竞技场"上，拥有了一场"烛光晚会"和一个淡绿色的夜晚。金秋，我出生的季节。那天早晨，当我刚坐起来套上第一件衣服，甚至连我自己都还没有意识到我的生日已经到来时，我的室友们却争先恐后地对我说"生日快乐"了。尽管是简简单单的四个字。而冬天，当大雪飘下来的时候，我们一起打雪仗，堆雪人，一起大喊"冻死了"，一起穿着自己冰冷潮湿的球鞋，一起让我们的脚丫在里面"游泳"，一起手拉手走在被大雪覆盖的马路上，一起摔跤，一起歌唱，一起撑雨伞，一起在新年晚会上表演节目……这许许多多的小片断将是我一辈子珍藏的东西。2004就这样被我们走过去了。

此时我想起了毕淑敏的那篇《友情如鞭》；想起了徐懋庸的那句名言：朋友是同一个灵魂寄在两个躯壳中；想起郭敬明说他的朋友是他活下去的勇气，他们给他苟且的能力，让他面对这个世界不会仓皇……我为之动容却又难以言喻。

谢谢你们，我亲爱的朋友。是你们开垦了我的心灵，让它变得美好、绚丽多姿。

朋友一生一起走，那些日子不再有。包括昨晚那场晚会以及你们的每一个眼神、每一个笑容、每一个动作。

感恩提示

gan en ti shi

"朋友一生一起走，那些日子不再有。"一句简单的歌词，却诉说出许多人的心声，牵扯出许多人内心深处最真挚的感受，也使我们回想起以前和朋友一起走过的日子。

其实，在漫长的一生中，朋友陪伴着我们度过每个一个开心、痛苦的时刻，是我们生活经历的见证者。他对于我们来说，是我们最忠实的听众，是我们心灵上的寄托，他的一个鼓励、关切的眼神，似乎是一种灵药，往往能使一切的伤心、苦楚都消失得无影无踪。开心时，我们在一起，不开心时，他也陪在我们身边。与朋友度过的每一个时光，都是我们最宝贵的回忆，是我们一辈子都值得珍藏的东西。有时，朋友一个不经意的关心你的举动，往往会令你感动不已，有时还会持续高兴好几天。虽然有时也会因为某些原因吵架，冷战好几天，但是很快地，就会和好如昔。因而，我们应该珍惜这来之不易的友谊。两人可以相遇、相识、相知，然后成为朋友，是一种缘分。无论生活在哪个角落，我们就在这一个美好的时刻相遇了，就是我们成为朋友的所谓的缘分。

朋友,这个对我们来说,最熟悉的词语,是我们心灵的一种寄托,我们应该好好珍惜彼此之间相处的每一刻,珍惜这来之不易的缘分。

(王燕平)

如果爱情是住在星星里的话,那么友情应该就是住在房间的每一盏灯火里。

举手之劳的友谊

◆文/张 羽

如果有患难见真情的知己,如果有一辈子忠诚的友谊,那当然值得庆幸;可是,还有许多萍水相逢或者举手之劳的友谊,为什么不积少成多地加以享用或者珍惜?爱情多为可遇不可求,而友情则俯拾即是;如果爱情是住在星星里的话,那么友情应该就是住在房间的每一盏灯火里。

我们经常严格地像筛选爱情一样去面对友情,结果错失了许多好人、贵人、有意思的人,甚至是可爱的坏人。爱情是排他的,而友谊应该是兼容的,愈多愈好,爱情是奇花异葩,而友情则是满眼看到的绿色。

母亲曾教导我说,乞丐和王子都可以是你的朋友。我是记着这一句话出门的,因为这一辈子我是离不开人类的。

记得是在读初中时,我们班里有个外号叫"阿长"的同学,很奇怪在不知不觉中,他成了千夫所指的坏人,几乎大家都跟他"坏",就是拒绝和他说话。而我成了他唯一的救星,是他可以依赖的朋友,甚至是兄弟。而事实上,我什么都没有做,没有付出什么,只是去厕所的时候,顺便也让他"跟"着,在教室里正常地叫他的大名,放学路上与他点头打招呼……没有刻意的感情投资,没有努力的感情培育,只是把他当做一个普通的同学,如果有什么不同之举,那就是没有把他当"坏人"。结果,我成了他一辈子感念、感谢与感动的朋友,在他后来的人生旅程里,每一次的荣耀、喜事或者壮举,都要与我分享,我居然是他的恩人!这样的结果,是我始料未及的。

武则天有个亲戚叫武三思,他曾说过一句可以留传至今的话——对我好的人就是好人,对我坏的人就是坏人。我只是曾经没有把那位同学当做坏人,结果我就成了他心目中一辈子的好人。这是多么划算的一件美事。王朔的小说里有个人物说:朋友只有两种,一是可以睡的,二是不可以睡的。在一位老板眼里,只有"有用的人"与"无用的人"。在我家小狗眼里,只有熟悉的人与陌生的人。显然,世界如果是这样区分的话,我们会流失许多机会与友谊。

有一次去香港旅游,在参观某庙宇时,同行有位信基督教的朋友,只见他也很恭敬地站在菩萨神像前,深深地鞠了躬。过去碰到这样的人,他们一般是拒绝进去的,便好奇地问他,为什么?他淡淡地笑着说:只要是慈爱的、善的神,都值得尊敬。事实上,不同的人,可以为我们打开不同的窗口。我们很难有黑白分明的奢侈。我还有许多内向或者所谓长相特别困难的朋友。这类所谓"社交弱势族群"一般是不会主动与你打交道的,所以我们常常会误会他们的无措、木讷、冷淡与回避。而一旦你打开了对方的心灵,他们往往会是你最真诚和执著的朋友。也许与你接触不多,但是,他一定常常让你会心一笑,且很温暖。而我更多的朋友是旅途里的一面之交,是同行、是保姆、是邮差、是的士司机、是送水员……五湖四海皆兄弟。而每天几乎都要碰头的菜市场小商贩,更是我如鱼得水的"社交主角",有卖豆腐的小妹、有卖鱼的大伯、有卖青菜的少妇、还有卖海鲜的姐妹,当然还有卖肉的大哥,至于水果店,我更是常客。每次挑苹果或者枇杷等水果时,相貌一般满脸雀斑的老板娘总是热心地给我良心的建议:"有斑点、造型不匀称的最甜了,不要只挑好看的!"她说的是真理,她和她丈夫都把我当亲人看,绝对真诚,如果哪一天货不好,她就会把我拉到一边耳语:"今天不好,明天来!"每次去农贸市场,他们这些大小老板都会欢欣鼓舞、奔走相告。有位工商局的朋友曾问我:"你怎么有那么好的人缘?而且是在那个地方。"我知道他好奇的是后面那句话,我很耐心通俗地说了好多理由,一我喜欢被人喜欢,所以我喜欢他们;二与他们好,对自己也好,东西有品质保证,他们不会骗我,价格也比别人便宜……我又是怎么成了他们认为"高攀"的朋友呢?我一般固定找一家买一类东西,不三心二意朝三暮四,也不讨价还价甚至不问价格,如果有多找给我钱我主动退回,微笑,跟他们聊天气、不摆消费者的臭架子……就这么简单,我成了他们的朋友、明星,这是多么容易的一件事,举手之劳。

真心的人是快乐幸福的。真诚待人,其实是最爱自己的。心理学博士杰克博格说,人类内心深处一直渴求被了解,正如花朵需求阳光照射一样。友善的人际关系,其实就是从了解开始一点一滴建立起来的。有了这样的认识及准备后,我们就可以把世界上的人分为两类——初次见面就非常喜欢投缘的人;另外一种是经过了解之后才发现他原来是一个这么可爱的人。我们经常傲慢地从内心就开始拒绝了解你身边经过的或者面对的人,理解是从了解开始的,所以,很多时候,你的善意就是从微笑或者简单的一个问候开始。朋友不一定非要轰轰烈烈才真,像与小商贩这样简朴、平凡甚至短命的友情,也许不中看,但是中用,其实也很美的。因为人类都有缺点与不足之处,所以我们必须互相帮助。而最简单的帮助,就是把他当朋友一样去对待。其实也不难,有颗真挚的热心足矣!

 感恩提示

gan en ti shi

尽管是身处在人山人海的世界,我们还是会听到哀怨声:孤独、寂寞、知己难求? 其实朋友就在我们身边。正所谓:"生活并没有缺乏美,只是缺少发现美的眼睛。"

"乞丐和王子都可以是你的朋友。"我记得文中母亲那句至理名言。是的,每个人身上都有他自身的优点,有他值得我们学习的地方,不是说"三个臭皮匠胜过一个诸葛亮"吗? 而平常我们选择朋友的时候总喜欢自己先入为主,带着浓重的主观色彩,这样的心态让我们失去了很多认识朋友的机会。我们要明白:我们选择朋友时要有自己的原则,但也要带着一种客观性,公平对待每一个人。一颗宽容的平常心,是我们赢得友谊的开始。我们选择朋友的同时朋友也在选择我们。友谊,是一种对双方的认可与肯定。

芸芸众生,两个人的相遇应该是一种难得的缘分。佛祖曾经说过:"前世五百次的回眸,才挽回今生的擦肩而过。"所以在日常生活当中,面对从你身边出现的人,是拒于千里,还是用心善待呢? 其实,不用刻意,真挚平凡的常人之心足以拥抱友谊。

人生都是由平常的日子组成,轰烈的友谊也是弥漫在举手之劳当中,友谊来自于一个眼神、一句言语、一个不经意的微笑……不用羡慕别人,拥有友谊,你也可以!

(何宇宁)

133

下雪了，飘飘的雪花和似乎还没有从耳边消失的旋律给人一种圣洁之感，和眼前在玉的淳朴的微笑。这一情景，一直存留在我的记忆里，终生难忘。

忆吴在玉

◆文/罗宗强

　　学生告诉我，吴在玉君去世了。他死在他的故乡韩国庆南宜宁郡的一个山村里，在他的慈祥的老母的泪眼中。听说他已经有一年多时间完全靠输液维持生命，连起坐都不能自理。他的老母就这样无助地默默照料着他，一天天看着爱子的生命慢慢地消逝。他得的是一种叫做神经元损伤的绝症，据说这种病症存活时间最长的世界纪录是七年，目前还没有治愈的有效办法。

　　十年前，在玉君来到南开报考我的博士研究生时，他的一口流利的华语，让我惊讶。那时我正要到台湾参加一个学术会议，他问我能不能为他带两瓶茅台给他在台湾的导师。他靠勤工俭学，在那里读了五年研究生，获得了硕士学位，对他的硕士导师王金凌先生感念甚深。那时我因为在台湾的行程还没有定，不知道会后会不会到王先生所在的高雄市，便没有答应他。他有一些失望，我也有些过意不去。虽然初次见面，却留下了很深的印象：这是一个重仁义的孩子。一个韩国的青年，这样感念他的中国导师，我当时为什么要拒绝他呢！

　　在玉对于中国文化，有一种极深的挚爱。他会拉二胡，会唱京戏，研究中国的书法和绘画。入学的头一个教师节，他在我的信箱里放了一张贺卡。那是印在宣纸上的他自己刻的一幅小小木刻：一位老夫子在课徒。老夫子画得很大，而生徒却画得很小，中间隔着小桌。每年教师节，我都会收到学生的许多贺卡，但从未收到过这样的贺卡。那一年的冬天，我邀请京都大学的兴膳宏教授来南开讲学。在玉忽然问我，要不要陪兴膳先生到古籍书店的库房看看。我是经常跑古籍书店的，但却从未进过那里的库房。因不善交际，我与书店的老板并无交往，也不知道库房里都有些什么东西。在玉却了如指掌。他一一的向兴膳先生介绍。最令我惊讶的，是他对于中国古代的砚台竟然有那么多的了解！后来我才知道，他还经常地跑沈阳道的古物市场，收集古钱币，交了不少这方面的朋友。有一天，他像小孩子一样的告诉我，他和好几位中国同学谈过，觉得自己对中国文化的了解不比他们差。那语气，并非骄傲，而是兴奋，兴奋里有一种亲切感。他对我说过，在他崇拜的人中，有一位就是周恩来。

他的博士论文的选题是明代后期崇尚自然崇尚真情一派的文学观念的研究。这一研究领域已有人涉足，但总觉得没有能做得很深入。他想把其中的审美趣味的来龙去脉弄清楚，把它和世风的变化、和思潮的变化的关系弄清楚。这当然是很不容易的事。他下了很大的工夫搜集材料，阅读他人成果，也有了不少的想法。我觉得，他是可以动笔了。但他总认为还不够细致。他对于自己的要求过高，这是我没有料到的。除了他的认真，我想，其中还隐约有一份对于中国文学的深深挚爱。他是想把论文写得非常之好。

就在论文写完第一章的时候，他病了。开始时没在意，只是觉得腿无力。奇怪的是，我也病了，是眼肌无力。我们都以为是小病，也都没往心里去。那年冬天，京、津的古乐演奏家在天津音乐厅有一场难得的古乐演奏会。他不知从哪儿弄来两张实在不易弄到的票送我。我和妻子坐在非常好的位置上，却没有见到他。当我们从沉醉的音乐境界中步出音乐厅的时候，他却已经叫好了出租车在门口等候。下雪了，飘飘的雪花和似乎还没有从耳边消失的旋律给人一种圣洁之感，和眼前在玉的淳朴的微笑。这一情景，一直存留在我的记忆里，终生难忘。

刚过完春节，我们的病就都加重了，我去北京住院，他也回到汉城的一家大医院治疗。听说医院给他试用了美国的一种新药。我在北京治了半年，逐渐康复回到学校。他也从汉城回来了，但那是因为治疗无效。他想试试中国的气功和针灸。他在学校附近租了一间房，每周从北京请一位气功师来为他治疗；针灸则是天津的一位很有名的医生。就在那样的情境中，他还在为论文做准备。我从一个学术会议回来，去看他，带给他一些论文。他读后，说深入研究的并不多。我知道不是因为他自大，而是他确实在他研究的领域深入了解和思索了，他还在努力。而病情却一天天的恶化。到了秋天，他终于无法站立，只好回韩国老家。他的师弟其圣要了一辆车，坐满了他的韩国同学和中国师兄弟。他们要送他上飞机。他执意到我家来告别。就在车门边，拉着我的手，泪流满面。他是一个坚强的孩子，那样的病痛没有使他流泪，而这一别，却悲伤难制。我知道，命运的不公，使这样一位有为的青年实在无法承受。我也老泪纵横对他说："你一定能治好病，一定能回来的。"这一分别的情境，也终生难忘。

他终于没有能够回来。一位韩国学生说，到他家去看望他，他已经不能言语，那无助的眼神让人伤心至极。还说在他的床头，挂着我和妻子的一张放大的照片。我真想去看望他而未能，那哀伤，实在难以言喻。

135

在玉离开人世快两年了。近两年来，常常提笔想写点儿什么来纪念他。但每次都没能写下去，悲伤阻断思路。而他那真诚向学的神态，他那待人接物的淳朴形貌，却就来到面前。在我心中，他不是一个异国的青年。因学术而联系起来的至情深谊，消弭了师生的界线，也消弭了国界。他已经成了我终生难忘的小友。而我最大的遗憾，是在他的最后时刻未能帮助他。

 感恩提示
gan en ti shi

友情，是什么？

从来，就没有人能给出一个准确明了的答案。在不同人心中，对"友情"的理解也不尽相同。对罗宗强来说，"吴在玉"这三个字代表的不只是一个名字，一个人，更是一份长存于心底的、细水长流的友情。

吴在玉，一个如玉般的人物，他那真诚向学的神态，待人接物的淳朴形貌，都让人如沐春风。然而苍天并没有善待他，让他过早地离开了人世，留给世人的是无尽的慨叹，无尽的伤痛。但他也给身边的人留下了永难磨灭的痕迹，在生命终结时，他身上的精神也将永留人间，也让他的导师罗宗强的人生多了一份淡淡却隽永的感情。

在身份上，他们是师徒，一个博士研究生导师，一个来华留学的韩国青年学生；在精神上，他们却是朋友，因学术而联系起来的至深情谊，消弭了师生的界线，也消弭了国界。在时间的洪流中，这一份亦师亦友的情谊不会随时间的消逝、生命的终结而消散，而会如绵绵流水般长流不息。

当生命终结时，吴在玉留下了一份真挚的友情。那你呢？当走到生命尽头时，你又能留下什么呢？

（冯晓华）

每一个朋友,其实也就是你每一段的回忆。当你不经意地碰到一个久未逢面的朋友的时候,也许心底那本已尘封的往事会倏然涌上心头,来得让你措手不及。友情,珍惜它,也就是珍惜你的回忆。真正的朋友,是一辈子的回忆。

友　情

◆文/八月樱桃

　　昨晚,从珠海回来的同学找我,我们先是在家里喝了一泡功夫茶,那是她带回来送给我的上等铁观音。把泡好了的茶倒在剔透细腻的白瓷小杯里,更显茶的清绿碧透,散发着清郁的茶香。如果用山水或地下水来泡茶的话,茶会更香。

　　喝完那一泡茶,我们出门去了湖边的一家酒吧里坐着,那时已快11点了,许是周末吧,酒吧里快坐满了人,我们在湖边的浮台上找了一小桌坐了下来。每有船驶过时,便轻轻地摇晃起来,如坐舟中。晚风、音乐、啤酒、迷蒙的灯光,还有两个怀旧的女人。

　　我和她已是从小学到大学的同学了,难得有这么一个人能够和我同窗这么多年。小学两年,初中三年,高中一年,大学一年同校。算起来,我们相识已将近二十年。毕业后,虽是各散东西,有时会半年不联系一次,但联系起来,就有说不完的话题。在很多时候,她帮了我不少,无论我有什么困难或者选择时,她都不遗余力地帮助我,支持我。所以,在心里,我感激她,同样地,她有很多与别人说不了的话,也是找我来倾诉。也许,两个女人的友谊就是这样的长久地固定了下来。每个时期,我们都有着不同的话题,在刚毕业的时候,我们谈的是前途与工作;当我们都稳定下来的时候,谈的多是感情的困惑;当感情已确定的时候,就谈到了人生的矛盾与世态的复杂。到了现在,看得多了,经历的也多了,少年的激壮也离我们越来越远了,我们开始怀旧起来。说起了小学的老师,初中的同学……也说起了当日的种种往事。

　　有人说,当你开始怀旧的时候,也就说明你开始老了。她说,当她一切都已稳定下来的时候,她就开始了怀旧,总想起往年的人往年的故事。我说我也常想起过去,听来听去,还是觉得旧歌好听。我们都老了吗?这倒不觉得,在许多人眼里,我还是一个很年轻的姑娘。自问自己的心态,应该还是挺年轻的。

其实,我们怀旧,因为,那是我们共同的回忆,共同走过的那段友情的岁月。特别是和她有着这么一段长久的友情,这些,都是值得我们共同去珍爱的一切。

每个人生阶段,我们都会结交不同的朋友,读书时有同学,工作时有同事,这期间,我们通过交往,可以把同学或者同事再加上一个内容,就是朋友。有擦肩而过的点头之交,平淡如水的君子之交,有推心置腹的知己之交,有相扶一世的生死之交……芸芸人世众生,与自己相交的,能有多少?与自己相交并相缠的,更是寥若晨星。

每一个朋友,其实也就是你每一段的回忆。当你不经意地碰到一个久未逢面的朋友的时候,也许心底那本已尘封的往事会倏然涌上心头,来得让你措手不及。友情,珍惜它,也就是珍惜你的回忆。真正的朋友,是一辈子的回忆。

感恩提示

gan en ti shi

自古以来,多少人感叹知音难寻。确实,要找一个真正的知心朋友,很不容易。人的一生中,如果能有几个与自己相知、相惜的朋友,那就不枉此生了。

文中无不洋溢着对友谊的珍爱、怀念之情。作者确实感到幸福,能有一位那么好的朋友。她们有困难的时候互相帮助、互相支持,有心事的时候互相倾诉、互相理解。好朋友是永远也无法把话说完的,她们在不同的时期,有着不同的话题。这种纯洁的友谊,浓厚的友情,是宝贵的,美好的。凡是美好的东西都是实在的,永远不会消逝的。于是,她们有了共同的回忆,美好的回忆,回忆她们共同走过的那段友情的岁月,就像把珍珠串在项链里。

在我们的生活中往往充满了各种各样的不顺甚至磨难,如果能多有几个真正的知心朋友,我们的人生之旅将会走得更加轻松,更加顺利。不过,真正的友谊不仅需要我们好好地去珍惜,还需要我们用心灵的泉水不断地去浇灌。

友情,珍惜它,也就是珍惜你的回忆。真正的朋友,是一辈子的回忆。确实,真正的友情是无法忘记的,它将会成为你人生长河中最深刻、最美好的回忆。

(李日燕)